パパから求婚されました!?

伊郷ルウ

幻冬舎ルチル文庫

CONTENTS ✦目次✦

✦パパから求婚されました!?

✦イラスト・緒田涼歌

✦カバーデザイン＝吉野知栄(CoCo. Design)

✦ブックデザイン＝まるか工房

パパから求婚されました!?

1

「うーん、いい匂《にお》い……」

夕食の準備をしている木佐貫真琴《きさぬきまこと》は、ガスコンロの火にかけている鍋を覗《のぞ》き込みながら、手にしたレードルで香り立つカレーをゆっくりと掻《か》き混ぜていく。

小柄で華奢《きゃしゃ》、さらには童顔ということもあり、シンプルな白い長袖《ながそで》シャツにデニムパンツを合わせた軽装姿の真琴は、二十代半ばくらいに見える。

けれど、実年齢は三十三だ。いまだ独身のひとり暮らしで、絵本作家を生業《なりわい》にしている。

料理を作ってくれる相手がいないから、何年も前から三度の食事を自ら作っていた。

料理だけではない。洗濯も掃除も自分の手で行っている。ひとり暮らしを始めた当初は面倒に思えた家事全般も、独身生活を続けるうちに楽しめるようになっていた。

「ホントは一緒に食べてくれる人がいればいいんだけどなぁ……」

ひとりで食べきるには少しばかり量が多すぎたが、煮込み料理はたっぷりめに作ったほうが格段に美味《うま》い。

そのことに気がついてからは、鍋いっぱいに作るようになっていた。とうぜん、何日か同じ料理を食べる羽目になる。

友人を夕食に招くことで問題は簡単に解決するのだが、カレーやシチューなどはふと思い立って作ることが多いため、なかなか都合よくいかないでいた。

「自慢のカレーの出来上がり～」

カレーの仕上がりに満足して頬《ほお》を緩めた真琴は、ガスコンロの火を止めて炊飯器を載せている丈の低い食器棚に向き直る。

「やっぱり炊きたてのご飯はいい匂いだなぁ……」

炊飯器の蓋《ふた》を開け、しゃもじで艶《つや》やかな白飯を混ぜていく。

「えっ？」

急に呼び鈴が鳴り、ハタと手を止めて壁の時計に目を向けた。

間もなく七時になろうとしている。来客の予定はなく、仕事先から荷物を送ったという連絡も入っていない。

「誰だろう……」

しゃもじを脇の小皿に下ろして炊飯器の蓋を閉め、急ぎ足で玄関に向かう。

真琴が暮らし始めて十年になる賃貸マンションは、建てられてからかなりの年月を経てきている。

オートロックの入口など存在せず、四階建てなのにエレベーターもない。さらには、訪問者とやり取りするインターホンもついていなかった。

部屋が四階にあるから不便だし、マンション内への出入りが自由だから不用心でもある。

それでも、破格の家賃で広めの１ＤＫに暮らせることを思えば、不満など言っていられなかった。

「はーい」

玄関の外に向かって声をかけ、ドアスコープに顔を近づける。

ドアの向こう側に立っているのは、見知らぬ顔の男性だった。

「どなたですか？」

『隣の部屋に引っ越してきた西嶺《にしみね》です、ご挨拶《あいさつ》をと思いまして』

しっかりとした声がドア越しに聞こえてきた。

「そういえば……」

仕事に精を出していた昼間、外がうるさかったことを思い出し、真琴はスニーカーを突っかけてすぐさまドアを開ける。

「こんばんは、遅い時間に伺ってすみません」

真琴が開けたドアを肩で支えた男性が、申し訳なさそうに詫《わ》びてきた。

彼のすぐ横に、愛くるしい男の子が立っている。

「こんばんはー」

目が合うと、元気な声で挨拶をしてきた。

三歳くらいだろうか、水色のトレーナーに紺色の半ズボンを穿《は》いている。

「こんばんは」

大きな瞳《ひとみ》を瞠《みは》って見上げてくる子供を、真琴は満面の笑みで見返す。

初対面の相手を前にしてニコニコしているから、人見知りをしない子のようだ。

「明日は仕事に出てしまうので、今日のウチに挨拶だけでもと思って……ホント、遅い時間に手ぶらですみません」

「これくらいの時間なら大丈夫ですよ、わざわざありがとうございます。木佐貫真琴です、どうぞよろしく」

笑顔で自己紹介をすると、男性がドアの脇に取り付けられている小さなネームプレートに目を向けた。

「はじめまして木佐貫さん、俺、西嶺です。えーっと、慌てないで名刺くらい持ってくればよかったな……東西の西に、嶺は山かんむりに領の字の嶺で西嶺、で、この子は俺のひとり息子」

自己紹介した西嶺が男の子の頭にポンと手を置く。

「いちまんえんのいちにたろうのたでいちたでーす、さんさいになりましたー」

元気よく言った壱太《いちた》が、指を三本、立てる。

父親から自己紹介の仕方を教わったのだろうか、思わずクスッと笑ってしまう可愛らしさがあった。

「木佐貫真琴です、よろしくね」

その場にしゃがみ込み、壱太と目の高さを合わせる。

「まことしゃん、よろしくでーす」

にっこりした壱太が、またしてもぺこりと頭を下げてきた。

なんて可愛らしいのだろう。あどけない顔で「まことしゃん」と呼ばれ、勝手に顔が綻《ほころ》んでしまう。

「あっ、俺も真琴さんて呼ばせてもらっていいかな？　木佐貫さんより呼びやすそうだ」

「どうぞ」

「じゃあ、俺のことは亮司《りょうじ》って呼んで、諸葛亮《しょかつりょう》の亮に司《つかさ》で亮司」

屈託のない笑みを浮かべている西嶺を見上げてうなずき、真琴はその場に立ち上がる。

「壱太君、亮司さん、よろしくお願いします」

改めて見てみると彼は驚くほど背が高く、自然と目線が上がった。

端整で若々しい顔立ちをしている。濃いグレーのスエットの上下を身に着け、袖を肘《ひじ》まで引き上げ、スニーカーの踵《かかと》を潰《つぶ》して履いていた。

年の頃は二十代後半といったところだろうか。初めて会った相手に対して砕けた口調で話をするのは、真琴が歳上《としうえ》だと気づいていないからかもしれない。

けれど、いきなり馴《な》れ馴れしくされても、あまり気にならなかった。幼い子を連れた西嶺の口調や態度には、初対面とは思えない親しみが感じられるのだ。

「パパー、おなかすいたよー」

それまでニコニコしていた壱太が、急に西嶺が着ているスエットの裾《すそ》を引っ張り始めた。

「ああ、そういえば腹減ったな、これから作ったんじゃ時間がかかるから、コンビニに弁当でも買いに行くか？」

壱太に向けた西嶺の言葉に、ふと真琴は首を傾《かし》げる。

そういえば、母親の姿がない。父と子だけで挨拶に来たのは、共働きだからだろうか。

「コンビニのおべんとーあきたー」

「パパが作ったのよりは美味いだろう？」

西嶺が頬を膨らませている壱太をヒョイと抱き上げる。

「パパのごはんのほうがまだおいしいよー」

「俺のほうがましなのかぁ……」

苦笑いを浮かべた西嶺は、喜んでいるようでもあり困っているようでもあった。

彼らの会話を聞いていると、西嶺がいつも食事を作っているように感じられる。

父親が育児と家事を担当してもおかしくない時代とはいえ、まだまだそうした夫婦は少ないだろう。

(シングルファーザーなのかな……)

気になるところではあるが、会ったばかりだけにあまり立ち入った話はできないと、真琴は訊《たず》ねるのを思いとどまる。

「パーパ、カレーのにおいがするー」

父親に抱き上げられたことで、壱太は真琴の部屋から漂ってくるカレーの匂いに気がついたようだ。

「あっ、夕飯用にカレーを作ったところなんです、よければ一緒に食べませんか?」

いくら隣同士になったとはいえ、会ったばかりの父子を部屋に上げるのは自分でもどうかと思う。

それでも、腹を空《す》かせている壱太を待たせるのが可哀想《かわいそう》に感じられ、黙っていられずについ誘ってしまった。

(悪い人じゃなさそうだし……)

カレーはたっぷりある。白飯も冷凍保存するつもりで多めに炊いている。三人でたらふく食べられるだろう。

それに、四畳半のキッチンは冷蔵庫と食器棚を置いてもそこそこのスペースがあり、四人掛けの四角いテーブルが置いてある。

引っ越してきた当初は小さなテーブルに椅子《いす》もひとつだったが、きちんと料理をするようになってから大きなテーブルが欲しくなり買い換えたのだ。

テーブルに着いて食事をするだけ。女性が男性を部屋に上げるのとはわけが違う。躊躇《ため》う理由はなかった。

「いくらなんでもそんな図々しいことは……」

「壱太君、一緒にカレーを食べようね」

困惑している西嶺を遮って声をかけると、壱太がパッと顔を綻ばせた。

「わーい、カレー、カレー」

「お隣同士になったんですから、遠慮は無用ですよ」

そう言って先に上がり、中に入るよう片手で西嶺を促す。

「じゃあ、お言葉に甘えて」

笑みを浮かべた彼が壱太を下ろして一緒に玄関に入り、静かにドアを閉めた。

先にキッチンに入った真琴を、西嶺が壱太と手を繋《つな》いで追ってくる。

「スリッパがなくてすみません」

ペタペタという足音に気づいて振り返ると、ハッとしたように西嶺が足を止めた。

「こっちこそ素足で上がって申し訳ない……引っ越しの片付けで汚れたから脱いじゃったん

だ、部屋に戻って履いてくるよ」

西嶺の律儀さを可笑《おか》しく思うと同時に、好感度が一気に上がる。

「気にしないでいいですよ、そこに座ってください」

慌てた様子で背を向けた西嶺に声をかけ、真琴は食事の準備を始めた。

ガスコンロの火をつけてカレーを温め直し、食器棚から取り出した三人分のスプーンとグラスをテーブルに並べる。

冷蔵庫から水のペットボトルを出し、テーブルに置いて食器棚に戻った。

ひとり暮らしだから揃《そろ》いの食器がない。グラスの大きさもバラバラなら、皿も大きさや形がバラバラだ。しかし、こればかりはどうしようもなかった。

「ほら、ちゃんと座って」

「はーい」

壱太の素直な声に振り返ると、椅子にちんまりと正座をしている。

普通に座ってしまうと、テーブルが高すぎるのだ。

「なにか椅子の高さを調整するものを……」

ひとりつぶやきながらガスの火を細め、真琴は急いで奥の部屋に向かう。

奥の部屋といっても二枚の引き戸で仕切られているだけで、寒い季節を除いていつも片側は開け放している。

仕事場であり寝室でもある八畳間には、ベッド、作画用の大きな机、本棚、タンスなどが置いてあった。

「クッションだと不安定だし……」

部屋の中を見回しながら、壱太が尻に敷いても安全なものを考える。

「薄い毛布なら大丈夫かな？」

押し入れの襖《ふすま》を開け、毛布を引っ張り出す。

四月に入って急激に気温が上がり、もういらないだろうと毛布をしまったばかりだった。きちんと洗ってあるから、貸すのに躊躇うこともない。

「亮司さん、これを……」

毛布を抱えてキッチンに戻ると、ガスコンロの前に立って鍋を掻き混ぜていた西嶺が振り返ってきた。

「焦げそうだったから混ぜといたよ」

「ありがとうございます」

意外に気が利くのだなと感心しつつ彼に歩み寄り、持ってきた毛布を差し出す。

「壱太君にはテーブルが高すぎるみたいなので、これを椅子に敷いてあげてください」

「ああ、助かるよ」

笑顔で受け取った西嶺が、バトンタッチとばかりにレードルの持ち手を真琴のほうに向けてきた。

「壱太君、すぐにカレーライスができるからね」

「はーい」

元気よく返事をした壱太が、父親に促されて椅子からピョンと飛び降りる。

手早く毛布を折りたたんで椅子に敷いた西嶺が、壱太を抱き上げて座らせた。

「これでどうだ？」

「ばっちぐー」

テーブルの高さが丁度よくなった壱太が、嬉しそうに笑って親指を立てる。

笑顔も仕草も可愛くてしかたない。こんなふうに子供を身近に感じるのは久しぶりだ。

絵本を描く仕事をしているだけでなく、もともと子供が好きなこともあって、外に出ているると自然と目が向く。

とはいっても、今はやたらに声をかけられないご時世であり、子供と密に接する機会は限られてくるのだ。

「おとなしく座ってるんだぞ」

壱太に言い聞かせた西嶺が、皿に白飯をよそっている真琴に歩み寄ってきた。

「手伝うよ」

「すみません、じゃあ、お鍋をテーブルに運んでください」

「鍋敷きは？」

「そこの引き出しに入ってます」

しゃもじを持った手で調理台の下にある引き出しを指し示す。

「勝手に開けていいの？」

「どうぞ」

わざわざ確認してきた彼の礼儀正しさに、またしても感心しつつ笑顔でうなずき返した。

気が利くだけでなく気遣いもできる。

「真琴さん、きちんとしてるんだなぁ……俺、離婚するまでキッチンなんて飯を食うだけの場所だったから、自分で料理とかするようになっても片付けが下手でいつもとっちらかったままだよ」

「壱太君と二人暮らしなんですか？」

あまりにもさらっとした言いように驚いた真琴は、白飯をよそっていた手を止めて西嶺を振り返った。

「そっ、結婚して二年目に破局」

あっけらかんと答えられ、様々な疑問が真琴の脳裏を駆け巡り出す。

壱太は三歳だから、ずいぶんと短い結婚生活だったようだ。親権を父親に委《ゆだ》ねて離婚した妻とのあいだにいったいなにがあったのだろうか。

三歳の息子をひとりで育てることになった西嶺は、どうやって暮らしているのだろうか。訊《き》きたいことがいろいろあるものの、さすがに初対面の相手ともなると質問を選ばざるを得ない。

「あの……亮司さん、お仕事は？」

「俺、ゲームのプログラマー」

「えっ？　亮司さんが？」

驚いてばかりで、白飯をよそる手がなかなか進まない。

「そんな驚くこと？」

「いえ、あの……なんかもっとオタクっぽい人がやってるのかなって……」

怪訝《けげん》な顔をされ、真琴は苦笑いを浮かべた。

西嶺は少し長めのラフな髪型をしているから、サラリーマンではないだろうと思っていたのだが、ゲームのプログラマーというのは意外だった。

長身で端整な顔立ちの彼は、ラフな格好をしていても華やかな雰囲気がある。ゲーム業界というよりは、芸能界のような派手な世界で働く姿のほうが想像しやすいのだ。

「俺の業界は確かにアニメやゲームのオタクが多いけど、数学とかプログラミングが好きって奴も多いんだよ。で、俺はプログラミングが好きでやってるの」

「すみません、勝手な思い込みで驚いたりして」

先入観で物を言ったことを素直に詫びて、皿に白飯を盛りつけていく。

「真琴さんはなにやってるの？」

「僕は絵本を描いてます。まあ、それだけだとやっていけないので、挿絵やイラストも描いてますけど」

「へぇ、すごいね、俺は絵心がまったくないから絵が描けるだけで羨《うらや》ましいのに、仕事にしてるなんて尊敬しちゃうな」

感心しきったように見返してきた西嶺が、引き出しから取り出した鍋敷きをテーブルに置き、温め直した鍋を運んでいく。

「僕だって同じですよ、プログラミングのプの字もわからないから、ゲームを作ってる亮司さんの才能に憧《あこが》れます」

「そんなこと言われるとなんか照れるな」

ペットボトルの水をグラスに注ぎながら、西嶺が微妙な笑みを浮かべる。

「お互いさまです」

真琴は笑顔でそう言いながら、白飯を多めに盛った大きな皿と少なめに盛った小さな皿を手にテーブルに向かう。

「まーだー？」

「できたよ、さあみんなで食べようね」

焦《じ》れた声に急《せ》かされ、運んできたばかりの皿にカレーをたっぷりかけていく。

「あっ……」

「どうかした？」

「壱太君には辛すぎるかなって……」

今になって気づいた真琴が困り顔でつぶやくと、椅子に腰かけようとしていた西嶺がわずかに眉根《まゆね》を寄せて見返してきた。

「激辛なの？」

「いえ、あまり辛いのが好きではないから甘口のルウを使っているんですけど、小さな子供向けのカレーってあるんですよね？」

「俺が使っているのはリンゴとハチミツの甘口って……」

「一緒です、僕が使ってるのもそれです」

「じゃあ、問題ないな」

西嶺のひと言に胸を撫《な》で下ろした真琴は急いで炊飯器の前に戻り、自分の皿に白飯をよそってきた。

立ったままカレーをかけ、西嶺と並んで腰かけている壱太の向かい側に腰かける。

どうしてだか、どちら側の椅子に座ろうかと迷ってしまった。

壱太の前を選んだのは、西嶺と向かい合って座りたくなかったわけではない。ただ漠然とした気恥ずかしさを、不意に感じてしまったのだ。

「たべていいのー?」

「どうぞ」

待ちきれないといった顔つきの壱太にうなずき返すと、彼はすぐさまスプーンを取り上げて握りしめた。

「いっただきまーす」

「いただきます」

壱太に続いて声をあげた西嶺が、手にしたスプーンでカレーライスをすくって口に運ぶ。

おぼつかない手つきながらも、壱太が同時にカレーライスを頬張った。

これまで自作のカレーを誰かに食べてもらったことがない真琴は、興味津々で彼らを見つめる。

「おいしー! いつものとちがうー」

「美味い! 同じルウなのになんでこんなに美味いんだ?」

壱太とほぼ同時に声をあげた西嶺が、納得がいかないと言いたげに眉根を寄せて真琴を見返してきた。

「タマネギを丸ごと一個、すり下ろして入れてあるんです」

「それだけでこんなに違ってくるんだ」

「すり下ろすのが面倒ならミキサーでも大丈夫ですよ」

「なるほどねぇ……今度、試してみるかな」

感心しきった顔でカレーを見つめる西嶺がつぶやいたそのとき、ガチャンと派手な音が響いた。

「あーっ」

壱太が持ち損ねたスプーンが皿の縁にあたったのだ。

幸い皿は割れることなく、カレーも飛び散らずにすんだが、息子の失態に西嶺は黙っていなかった。

「しっかり持ってないから落とすんだよ」

「だーってー、スプーンがおっきいんだもーん」

「ご馳走《ちそう》になってるんだから贅沢《ぜいたく》を言ったらダメだ」

言い訳をした壱太を叱《しか》る西嶺の口調が思いのほか厳しく、人前を憚《はばか》らないことに驚くと同時に、きちんと躾《しつ》けていることに真琴は感心する。

とはいえ、壱太はまだ三歳だ。本来であれば子供用のスプーンを使っているはずであり、用意してやれなかったこちらにも落ち度があるのは間違いない。

「ごめん、大きいから重たかったんだね」

叱られて頬を膨らませている壱太に声をかけると、西嶺がすぐさま割って入ってきた。

「謝らないでよ、慣れてないだけで使えないわけじゃないんだから」

「でも……」

「このスプーンで食べられるだろう？」

西嶺が脇から手を伸ばしてスプーンを取り上げ、むくれている壱太の手に持たせる。

無理やり握らされた壱太が、大きな瞳で父親を見上げた。

「これでだいじょーぶー」

大きな声で返事をした壱太が、再びカレーを食べ始める。

どうなることやらと、内心ハラハラしていた真琴は、壱太が素直に聞き入れたことに胸を撫で下ろす。

「美味いな？」

壱太に声をかけた西嶺の顔には、父親らしい穏やかな笑みが浮かんでいる。

「うん、おいしー」

父親と顔を見合わせた壱太もまた、愛らしい笑みを浮かべていた。

せっせとカレーを口に運ぶ父子の姿は、見ていて微笑《ほほえ》ましい。

（みんなでテーブルを囲んで食事をするのって、やっぱりいいもんだなぁ……）

カレーを頬張りながら、真琴は感慨に浸った。

誘い合わせて外食をする以外は、基本的に自宅でひとり食事をしている。

絵を描くという孤独な作業に慣れているせいか、ひとりで食事をしていてもとくに寂しさや虚《むな》しさを感じることなくきた。

けれど、こうして自宅のテーブルを囲んで食べていると、楽しいものだとしみじみ思う。

なにより、自作の料理を美味いと言ってもらえるのが嬉しいものだ。

同じ階の住人はみな独身のサラリーマンで、ほとんど交流がない。都会でのマンション暮らしはそんなものだと思っているから、これといって気にもしてこなかった。

それでも、気兼ねなく言葉を交わせる隣人がいるのはいいことだ。

思いがけず、知り合ったばかりの彼らと一緒に食事をすることになったけれど、誘ってよかったと真琴は心から思っていた。

2

キッチンで食事の後片づけをしている真琴の耳に、奥の部屋で壱太に絵本を読んでやっている西嶺の声が聞こえてくる。

食事の途中で西嶺が真琴の作品を見てみたいと言い出し、カレーを食べ終わったところでこれまでに出版した五冊の絵本を本棚から持ってきた。

すると今度は壱太が読んでほしいとせがみ始め、真琴は奥の部屋を使うよう勧めたのだ。

最初、西嶺は躊躇ったが、仕事が一段落しているから大丈夫だと言って、半ば強引に彼らを奥の部屋に移動させた。

本当なら、絵本を貸すなり、あげるなりすればいいだけのこと。それなのにそうしなかったのは、もう少し賑《にぎ》やかな時間を共有したかったからだ。

西嶺がどんなふうに絵本を読んで聞かせるのか、壱太はどんな顔で話に耳を傾けるのか、絵本作家としてはそうしたことにも興味があった。

「さてと……」

食器を洗い終えた真琴はタオルで手を拭《ふ》きながら、西嶺たちがいる部屋に目を向ける。

ベッドの端に腰かけている西嶺は、壱太を膝《ひざ》に乗せて絵本を読んでやっていた。

ソファのひとつもないうえに、フローリングの床は冷たいから、ベッドを使うようにと真琴が勧めたのだ。

「このクマさんかわいーね」

前向きに座っている壱太が父親を仰ぎ見た。

西嶺は両手を前に伸ばし、壱太の目の前で絵本を広げている。

絵本は絵と話を楽しむものだ。読んで聞かせるだけでなく、きちんと絵が見えるようにしてくれているのが嬉しかった。

「これはなんだ？」

「これはヒヨコさーん」

絵本を指さしながら、壱太が得意げに笑う。

「じゃあ、これは？」

「これしらなーい」

「これはハリネズミっていうんだぞ、尖《とが》った針がいっぱいついているからハリネズミ」

「さわったらいたいのー？」

「そりゃあ痛いよ、大きな動物に襲われないように、この針で自分の身を守っているんだから」

「へー、みてみたいなー」

「じゃあ、休みが取れたら動物園に行くか？」

「いくー」

彼らの楽しげな会話を聞いているだけで頬が緩んでくるが、真琴は西嶺の言葉に少し引っかかりを覚えた。

彼の言葉から、不規則な勤務形態で仕事をしていることが察せられる。ゲーム業界のことはよく知らないが、一般的なサラリーマンのように定時の出退社は難しいのかもしれない。

三歳になる壱太は保育園か幼稚園に通っているはず。子供の送り迎えを考えると、西嶺ひとりで大丈夫なのだろうかと心配になった。

「あっ、まことしゃんだー」

部屋の入口に立っている真琴に気づいた壱太が、満面の笑みで見上げてくる。

「ご馳走になったうえに洗い物までしてもらっちゃって、ホント、申し訳ない」

絵本をベッドに置いた西嶺が、壱太を膝から下ろして立ち上がった。

「たいした量じゃありませんから、気にしないでください」

「でも、あつかましくて呆《あき》れてるんじゃないか？」

「そんなことないですよ、ひとり暮らしが長いから賑やかな食事なんて久しぶりで、とても楽しかったです」

「そう言ってもらえると俺も気が楽になる」

安堵《あんど》の笑みを浮かべた西嶺が、無造作に指先で前髪をかき上げる。

「パーパ、もっとごほんみるー」

「もう遅いから、また今度にしような」

さすがにいつまでも居座るのは非常識だと思ったのだろう、西嶺がベッドに上がろうとしている壱太を片腕で易々と抱き上げた。

「やーだ、もっとみるのー」

壱太に駄々を捏《こ》ねられ、西嶺が苦笑いを浮かべる。

「亮司さん、これ差し上げますから持って行ってください」

ベッドに載っている五冊の絵本を重ねて取り上げ、西嶺に差し出す。

絵本は読んでもらうためにある。それに、壱太が自分の絵本に興味を持ってくれたのが嬉しかった。

「もらっちゃっていいの？」

「予備の本がまだ何冊かありますから」

「ありがとう、ほら、真琴さんが絵本を壱太にプレゼントしてくれたぞ」

笑顔で礼を言ってきた西嶺が、真琴から受け取った五冊の絵本を纏《まと》めて壱太に渡す。

「わーい、まことしゃんありがとー」

小さな胸に絵本を抱え込んだ壱太が破顔する。

「さあ、明日も早いからもう帰るぞ」

そう言って西嶺は抱いている壱太を床に下ろすと、真《ま》っ直《す》ぐ真琴を見つめてきた。

「引っ越しの挨拶に来たのに、なんかいろいろしてもらっちゃって……本当に助かったよ、ありがとう」

西嶺に深く頭を下げられ、真琴は慌ててしまう。

「たまたまカレーをたくさん作ったときだったから誘っただけで、そんなたいそうなことしたわけじゃありませんから」

「お隣が真琴さんみたいないい人でよかったよ、子供嫌いだったらどうしようとか思ってたからさ」

冗談めかした西嶺が、壱太の尻《しり》をポンと叩いて玄関へと促す。

「壱太君は保育園に通っているんですか？」

「ああ、明日からすぐそこの〈あひる保育園〉に通うことになってる」

「明日から？」

真琴が怪訝な声をあげると、壱太のあとを追っていた西嶺が足を止めて振り向いてきた。

「前に預けていた保育園が急に閉園しちゃったんだよね、でも近所で他に預かってくれるところがなくて、〈あひる保育園〉は大丈夫だっていうからこっちに引っ越してきたんだ」

「それで引っ越しを？　保育園に預けるのって本当に大変なんですね？」

「まったくね、子供を預けなきゃ仕事に行けないんだから、勘弁してくれよって感じ」

西嶺が不満顔で肩を竦《すく》める。

待機児童の問題はよく耳にするが、現実を目《ま》の当たりにするとやはり驚きは隠せない。

我が子を保育園に通わせるために引っ越しを強いられるなど、本来ならあってはならないことだろう。

男手ひとつで壱太を育てている西嶺の苦労は計り知れない。こうして知り合えたのもなにかの縁であり、少しでも力になれたらと思ってしまう。

「ああ、そうだ……ちょっと待っててください」

ふと思い立って奥の部屋に戻った真琴は、机の引き出しから名刺が入ったプラスティックケースを取り出す。

普段はあまり使うこともないのだが、出版社のパーティなどに呼ばれたときには必要となるため、自分でデザインをして作ったのだ。

ケースから一枚、取り出して急いで玄関に戻った真琴は、すでにスニーカーを履いてる西嶺に差し出す。

「なにかあったら遠慮なく連絡してください、僕はほとんど家にいますので」

「ありがとう」

礼を言ってスエットズボンの尻ポケットに手を回した西嶺が、二つ折りの革財布を取り出して名刺をしまう。

「俺の名刺、明日の朝にでも真琴さんちの郵便受けに入れておくよ」

「わかりました、確認しておきます」

「さあ、帰るぞ」

玄関のドアを開けた西嶺が、壱太を連れて廊下に出ていく。

「長居してごめん、カレー、マジで美味かったよ」

「ごほん、ありがとうでしたー」

父親に続いて礼を言った壱太が、しっかりと絵本を抱えてぺこりと頭を下げる。

「おやすみなさい」

「おやすみなさーい」

ドアを片手で支えた真琴が手を振ると、壱太は元気いっぱいの声をあげ、西嶺と手を繋ぎ合って帰っていった。

すぐにドアを閉めるのが憚られ、廊下を歩く親子をそのまま見送る。スキップする後ろ姿がなんとも愛らしい。

「バイバーイ」

不意に振り返ってきた壱太が大きな声をあげ、玄関の鍵を開けていた西嶺がこちらに顔を向けてくる。

彼と目が合ってしまい、なぜか焦った真琴は会釈をしてあたふたとドアを閉めた。

「それにしても可愛い子だなぁ……」

鍵を閉めて廊下に上がり、キッチンでコーヒーを淹《い》れる用意を始める。

「絵本、気に入ってくれたんだ……」

自分の絵本を大事そうに抱えている壱太の姿が脳裏を過《よぎ》り、しみじみと絵本作家になってよかったと思う。

真琴はもともと子供好きではあったが、はじめから絵本作家を目指したわけではない。

中学生のときに美術館で観たパステル画に感銘を受け、画家になりたいと一念発起して美術大学に進学した。

そうして絵を学んでいく中で、教授から絵本を描いてはどうかと勧められ、文章に合わせて絵を描く楽しさを覚え、のめり込んでいった先に現在の仕事のパートナーである童話作家との出会いがあった。

とはいえ、すぐに絵本作家としてデビューできるわけもなく、美術大学を卒業してからしばらくはアルバイトをしながら絵を描いていた。

光が見えてきたのは二十八歳のときだ。コンクールに出品した作品が大賞に選ばれ、ようやく絵本の出版にこぎつけたのだ。

大賞作品ということもあり、絵本としては異例の売り上げとなり、それを機に依頼が来るようになった。

それでも、年に一冊、出版できればいいほうで、挿絵やイラストを大量にこなさなければ生活していけない。

本職は絵本作家であっても、それ一本でやっていけていないのが現状だが、壱太のような絵本が好きな子と出会うと、諦《あきら》めずに続けてきてよかったと思えるのだった。

「なんか、いつもよりいい絵が描けそう……」

ひとりつぶやきながら、コーヒーメーカーのスイッチを入れる。

新しい絵本用の文章が、先週末に出来上がってきたばかりだった。

絵本の仕事があるのは有り難いことなのだが、絵本作家と名乗れるようになって五年目となり、少なからず行き詰まりを感じ始めている。

出版社の担当者も、童話作家のパートナーも、真琴が仕上げた絵を気に入ってくれるし、完成した絵本は売り上げに関してもきちんと結果を出す。

それでも、最近はなにか自ら首を傾げることが多い。絵を描くことが好きで、子供たちに夢を与えたいと思っているのに、それを上手《うま》く表現しきれていない気がしてならないのだ。

「子供ってホントに可愛いよな」

コーヒーの香りが漂い始めたキッチンで、仲睦《なかむつ》まじい西嶺父子の姿を思い出す。

あまり近所付き合いもないまま暮らしてきた。けれど、彼らが越してきたことで、真琴は漠然とながらも楽しくなりそうな予感がしていた。

3

いつものように八時に起床した真琴は、洗顔をすませ、白いシャツとモスグリーンのデニムパンツに着替えてから朝食を作り始めていた。

いわば自由業であり、何時に起きようが文句を言われることもない。だから、いっときは昼夜が逆転していた時期もあった。

けれど、昼から夕方にかけて仕事をしたほうが捗《はかど》るとわかってからは、ずっと規則正しい生活を送ってきている。

「パーパ、はやくー」

玄関の向こうから、壱太の元気な声が聞こえてきた。

間もなく八時半。そろそろ保育園に行く時間なのだろうか。

「仕事に行く亮司さんってどんな格好してるんだろう……」

ふとそんなことが気になった真琴は、フライパンを載せていたガスコンロの火を消して玄関に向かう。

スニーカーを突っかけて玄関のドアを開けると、保育園の制服を纏った壱太の姿が目に飛び込んできた。

「壱太君、おはよう」

廊下に出て声をかけると、玄関先でこちらを振り返った壱太がパッと顔を綻ばせ、元気な声を響かせる。

「まことしゃーん、おはよーございまーす」

礼儀正しく一礼した彼は、水色のトレーナーに紺色の半ズボンを穿き、白い運動靴を履いていた。被《かぶ》っている帽子と斜めがけにしている鞄《かばん》は青色だ。

「パーパ、まことしゃんがいるよー」

小さな身体《からだ》でドアを支えている壱太が、部屋の奥に向かって大声をあげると、間もなくして西嶺が姿を見せた。

「おはよう」

「おはようございます」

笑顔で挨拶をしてきた彼に、真琴は軽く会釈する。

「これから保育園に送っていくんですか?」

「ああ、壱太を預けて、それから出勤」

壱太と手を繋いで歩み寄ってきた西嶺が、真琴の前で足を止めた。

ネクタイこそ締めていないが、スーツを身に着けている。もっとラフな格好で仕事場に行くものだと思っていたから意外だったが、思いのほかよく似合っていた。

髪は軽く撫でつけてあり、こざっぱりとした印象になっている。もともと端整な顔立ちをしているが、昨日より男ぶりが上がっていた。

「ちょうどいいや、名刺を渡しておくよ」

上着の内ポケットから薄い金属製のケースを取り出し、慣れた手つきで名刺を一枚、抜き取る。

「こっちの番号ならいつでもかけて大丈夫だよ、まあ、俺に用なんかないだろうけど」

真琴に名刺を差し出してきた彼が、一番下に印字されたモバイルの電話番号を指し示す。

「ありがとうございます」

受け取った名刺に改めて目を向けると、名前の前にチーフという肩書きがついていた。

「チーフなんて凄《すご》いですね？」

「社内にチームがいくつかあって、そのリーダーってだけだからたいして凄くないよ」

そう言って名刺ケースを内ポケットに戻した西嶺の手を、壱太がグイグイと引っ張る。

「パーパ、はやくいこー」

壱太に急かされた西嶺が、軽く腕を伸ばして腕時計に目を向けた。

どうやら彼らには廊下で立ち話をしている余裕がないようだ。

「遅刻するといけないから、どうぞ行ってください」

これ以上、引き留めては申し訳ないと思い、真琴は笑顔で彼らを促した。

「悪いね、壱太じゃなくて俺がちょっと焦ってるんだ」

「亮司さんが？」

「ほら、昨日、引っ越しで会社休んだからさ、じゃ、行ってきます」

なるほどと納得する間もなく、壱太と手を繋いだ西嶺が足早に階段に向かう。

「行ってらっしゃーい」

片手でドアを支えたまま声をかけると、小走りしている壱太が振り返ってきた。

「いってきまーす」

片手を挙げて大きく振る彼に、真琴は笑顔で手を振り返す。

「行っちゃった……」

瞬《また》く間《た》に彼らの姿が階段に消え、寂しい思いを抱《いだ》きつつ部屋に戻り、キッチンで朝食作りを再開する。

「賑やかで楽しそうだけど、本人は大変なんだろうな」

小さな子がいるだけでも朝は慌ただしいというのに、西嶺はそのまま仕事に向かわなければならないのだから大忙しだ。

「お昼は給食なのかな？」

保育園用の鞄はとても小さく、あの中に弁当が入っているとは思えない。

弁当を作らずにすむのであれば、壱太のために朝食が欠かせない西嶺にとっても多少の救いにはなっているだろう。

「仕事しながら子育てするのってほんと大変だよなぁ……」

昨日、三人でカレーを食べているときに、西嶺がこぼした愚痴が脳裏に浮かぶ。

彼は仕事で帰りが遅くなる日が多いらしく、いつも同じ時間に夕飯を食べさせてやれないことを気に病んでいるようなのだ。

自分ひとりであればどうにかできることも、壱太がいるとなるとそうもいかない。

父親としてきちんと食事をさせたいと思うのは当然であり、悔やむのも致し方ないことなのだろう。

「帰ってきてすぐ食べられるようになにか作ってあげようかな……」

ガスコンロの火をつけて温めたフライパンに油を垂らし、ゆっくりと回し広げていく。

朝食は卵料理とトースト、それにコーヒーと決めている。

朝と昼は簡単な料理ですませ、夕食に時間をかける習慣がついていた。

きっちりと仕事をして、料理で息抜きをする感じだ。

ひとり暮らしゆえに洗濯物が山ほど出ることもなく、部屋もそうそう汚れない。洗濯と掃除は一日置きにすれば充分だった。

「昨日はカレーだったから、和食か中華……」

夕飯の献立を考えながら、冷蔵庫から取り出しておいた卵をフライパンに割り入れてフタをする。

「うーん、迷うなぁ……」

オーブントースターに食パンを入れてタイマーをセットし、あれこれ考えを巡らせた。

三人分を作るとなると、そう簡単には決まらない。

普段はどんなものを食べているのだろうか。好き嫌いはあるのだろうか。悩みは尽きないけれど、西嶺も壱太も食欲旺盛《おうせい》そうだから、作り甲斐《がい》がありそうだ。

「スーパーに行ってから決めようかな……」

献立が決まらないままフライパンのフタを外し、卵の焼け具合を確かめる。

黄身の固まり具合は緩かったけれど、フタをしたまま蒸せば丁度よくなりそうで、ガスコンロの火を止めた。

マグカップにコーヒーを注ぎ、立ったまま一口、味わったところでオーブントースターのタイマーが切れる。

マグカップをテーブルに下ろし、こんがりと焼けたトーストを皿に移し、脇に目玉焼きを載せた。

フォーク、バター、塩・胡椒《こしょう》など、食事に必要なものはすべてテーブルに用意してある。

トーストと目玉焼きが載った皿をテーブルに置き、引き出した椅子に腰かけた真琴は、改めてマグカップを手に取った。

「はぁ……」

いつもと同じ朝食が、今日は寂しく感じられる。

一緒のテーブルに西嶺と壱太がいたら、定番の食事もより美味《おい》しくなるに違いない。

「早く夜にならないかなぁ……」

昨日の夕食を思い出した真琴は、淹れ立てのコーヒーを啜《すす》りながら、賑やかだった食事の光景に思いを馳《は》せていた。

4

仕事用の机に新作の原稿を広げた真琴は、何度も何度も同じ物語を読んでいた。午前中も読み、それでも読み足りない気がして、昼食後も繰り返し読んでいる。ただただ読み続け、気がつけば太陽が西の空に傾き始めていた。

絵本制作のパートナーは同年代の女性で、物語には多くの動物が登場する。軸となっているのは親子の愛情と命の尊さであり、ときには辛辣《しんらつ》な表現もあった。

意味合いが深い内容の物語だからこそ、真琴が描く柔らかなパステル画が合うのだというのが大方の意見で、それを信じて仕事をしてきた。

「うーん……」

いくら読み込んでもイメージが湧《わ》いてこない。

両手を広げて大きく伸びをし、ひとつ息を吐き出して椅子から立ち上がる。

「気分転換が必要なのかなぁ……」

コーヒーでも飲もうとキッチンに向かう。

昼食のときに淹れたコーヒーを注いだマグカップを手に部屋へと戻り、ベッドの端に腰を下ろしてため息をもらした。

「はぁ……」

絵を描きたいという意欲が湧いてこないのは初めての経験だ。

「スランプなのかな……」

肩を落としたままコーヒーを啜った真琴の脳裏に、絵本を見ながら動物の名前を言い合っていた西嶺と壱太の姿がふと浮かんできた。

「壱太君は楽しんでくれたみたいだけど……」

そう思っても心の揺らぎは収まらない。これまでどおり自分を信じて描けばいいのか、それとも違うアプローチをすべきなのか、なかなか答えが出てこないでいる。

「締め切りはまだ先だし、少し考えたほうがいいのかもしれない……」

買い物ついでに散歩でもするかと、コーヒーを飲んで立ち上がった真琴は、マグカップを机に下ろしてスマートフォンを取り上げた。

「リフレッシュ、リフレッシュ」

自らに言い聞かせながらスマートフォンをデニムパンツの尻ポケットに入れ、机の引き出しから取り出した財布を反対側のポケットにしまう。

いったん仕事から離れると決めたせいか、思いのほか気分が上向きになってきた。

いつになく軽い足取りで玄関に向かい、スニーカーを履いて靴箱の上に置いてある鍵を手に部屋を出る。

「今日は別のスーパーに行ってみようかな……」

ドアの鍵を閉めて廊下の外に目を向けた。

日は傾きかけているが、まだまだ外は明るい。

風も爽やかで、散歩にはもってこいの陽気だ。

「晩ご飯、なににしようかなぁ……」

四階分の階段を降りてマンションを出た真琴が、真っ先に考えたのが決めかねていた夕食の献立だった。

自分で食べるだけならば、思いついた料理を作るだけでいい。けれど、西嶺と壱太にも食べてもらうつもりだから、そう簡単には決まらなかった。

「あっ、本人に聞けばいいのか……」

ふと思い立って足を止め、尻ポケットからスマートフォンを取り出す。

西嶺から仕事中でも電話をかけて大丈夫だと言われたこともあり、念のためすぐに番号を登録していた。

「やっぱり仕事中はまずいような……」

西嶺の名前を表示させたものの、タップするのを躊躇ってしまう。

「どうしよう……」

散々、迷ったあげく、勇気を出してタップした。

仕事中に私用の電話がかかってくるのが迷惑だと思っているならば、あんなことをわざわざ言ったりしないだろう。

西嶺の職場は想像しているより自由な雰囲気なのかもしれない。真琴はそう考えたのだ。

『真琴さん、どうしたの？』

電話に出た西嶺にいきなり名前を呼ばれ、思わずドキッとする。

相手が誰かわかったのは、真琴の番号がすでに登録されているからだ。

名刺を渡しているのだから、登録してあってもおかしくはないのだが、昨日の今日のことだけに、なんだか嬉しく感じられた。

「お仕事中にすみません、今、お話しできますか？」

『ちょうど休憩に入ったところだから大丈夫だよ』

「よかった……あの、もし迷惑でなければ今夜もご飯を一緒にどうかと思って」

『ホントに？　壱太が喜ぶよ、ありがとう』

本当に喜んでくれているのが、西嶺の弾んだ声から伝わってきた。

昨日、会ったばかりなのに、おせっかいな奴と思われたらどうしよう。そんな思いも、少しあっただけに、なおさら嬉しかった。

「じゃあ、壱太君と亮司さんの好き嫌いを教えてくれませんか？」

『俺も壱太も好き嫌いがないんだ。真琴さんが作ってくれた飯なら、なんでも有り難くいただくよ』

「わかりました。亮司さんは何時ごろ戻られます？」

『それがさ、ちょっと仕事が長引きそうで、保育時間の延長を頼んだとこなんだ』

「延長ってどれくらいですか？」

『いちおう八時まで頼んだんだけど……』

急に西嶺が言い淀《よど》んだのは、もっと遅くなる可能性があるからだろう。

そんな遅い時間まで保育園で過ごすのでは、あまりにも壱太が可哀想だ。

「保育園って早いときは何時ごろ迎えに行っているんですか？」

『早くて七時くらいかな』

「それより早くても大丈夫なんですか？」

『定時は六時半だから、その時間なら大丈夫だけど？』

西嶺の声は訝《いぶか》しげだった。どうしてそんなことを訊くのかと思っているに違いない。

「それなら、僕が壱太君を迎えに行きますよ」

『でも……』

「本当はもっと遅くなるかもしれないのでしょう？」

『そうなんだけど、いくらなんでも……』

「先に壱太君と食事をして、亮司さんが帰ってくるまで僕が預かりますから」

『そうしてもらえると俺は助かるけど、本当にいいの？　迷惑じゃない？』

しきりに確認をしてくる西嶺は、まだ預けることに躊躇いを感じているようだ。

けれど、彼は仕事を放り出すことができないのだから、誰かが救いの手を差し伸べてやらなければ壱太が寂しい思いをしてしまう。

見ず知らずの子供を預かるわけではない。短い時間しか一緒に過ごしていないにもかかわらず、壱太はすっかり懐いてくれている。

引っ越してきたばかりの西嶺の手助けができるのは、自分しかいないのだから、引き下がるつもりはない。

「困ってるときはお互いさまですよ。それに僕も壱太君と一緒だと楽しいから遠慮なんて無用です」

『ありがとう、恩に着るよ』

少しの間があったけれど、西嶺はついに了承してくれた。

「じゃあ、六時半に壱太君を迎えに行きますから、保育園に僕が亮司さんの代理で行くことを伝えてください」

『わかった、本当にありがとう』

「お仕事、頑張ってくださいね」

西嶺との電話を終えた真琴は、安堵の笑みを浮かべてスマートフォンをポケットに入れる。

「電話してよかった……」

意を決して電話をしなかったら、壱太は遅い時間まで保育園で過ごさなければならなかったのだ。

「延長保育っていってもちゃんと保育士さんが遊んでくれるんだろうけど……」

預けられている壱太のことを心配しつつ、予定を変更していつも買い物をしている近くのスーパーマーケットに向かって歩き出す。

仕事で帰りが遅くなると西嶺から聞いてはいたが、まさか毎日のように夜の七時くらいまで壱太が保育園に預けられているとは思いもよらなかった。

「亮司さんの代わりにはなれないけど、壱太君と一緒にいてあげなきゃ」

まだ三歳の壱太を思うと、おせっかいだろうがなんだろうが放っておけない。

「せっかくお隣に引っ越してきたんだから……」

西嶺が男手ひとつで頑張って育てていると知っているからこそ、できるかぎりの手助けをしてあげたかった。

「それにしても、こんな世話焼きだったっけ？」

自分のことながら、不思議に感じられて首を捻《ひね》る。

困っている人を見れば、手を貸すくらいの常識はあるが、さすがに家庭内のことにまで踏み込んだりはしない。

それなのに、隣同士とはいえ所詮《しょせん》は他人である西嶺の窮地を、黙ってやり過ごすことができなかった。

昨晩、彼らを夕食に誘ったのも、普通では考えられないことだ。いくら腹を空かせた子が目の前にいても、初対面で部屋に上げたりはしないだろう。

「家庭的な雰囲気にけっこう飢えてるとか？」

自分でもよくわからず、苦笑いを浮かべて肩をすくめる。

真琴はこれまで結婚を考えたことがない。初体験がトラウマになり、女性と恋愛をするのが怖くなってしまったのだ。

それは、美術大学に通っていたときのことで、真剣な付き合いをしていた彼女と自然の流れでベッドをともにすることになった。

けれど、それまで未経験だった真琴は彼女を満足させてやることができず、散々、馬鹿にされたあげく別れを告げられてしまったのだ。

彼女がすでに経験ずみというのもショックだったが、なにより手酷《てひど》く詰《なじ》られた衝撃が大きく、女性と付き合うことが考えられなくなってしまった。

すべての女性が付き合った彼女と同じように、酷い言葉を投げつけてくるとはかぎらないと頭ではわかっていても、恋愛の対象として見ることができない。

だから、結婚したいという気持ちが湧いてこないのだ。それでも、幸せそうな親子連れを見れば羨ましいし、温かい家庭に対する憧れはいまだ持っていた。

「六時半なら大丈夫って言ってたから……」

余計な思いに囚《とら》われている場合ではないと、真琴は歩きながらこれからの予定を組み立て始める。

先に買い物をして、料理をすませてから壱太を迎えに行ったほうがいいだろう。そうすれば、帰宅してすぐに食事ができる。

「そっか、三人で一緒に食べられないんだよなぁ……」

仕事で疲れて帰ってくるであろう西嶺に、残り物ではなくきちんとした一人前の料理を出してやりたい。

「ハンバーグなら格好がつくか……」

手作りのハンバーグなら、小さな壱太と、ガタイのいい西嶺とで肉の量を調整できるし、一人前の料理として見た目もいい。

「この際だからお皿とかも揃えちゃおうかなぁ……」

もともと料理が好きなだけに、食べてくれる人がいると思うだけでやる気が百倍になる。

彼らのために作る料理がようやく決まった真琴は、歩きながら胸を弾ませていた。

5

「ごちそーさまでしたー。まことしゃんのハンバーグおいしかったー」

夕食を綺麗《きれい》に平らげた壱太が、元気な声をあげるなり椅子からピョンと飛び降りた。

尻の下に敷いていた毛布が椅子から滑り落ちたが、それを拾ってきちんと置き直す。

着替えの用意がないから、保育園の通園着を着たままだ。汚れてもかまわない服装だから、壱太が料理を多少こぼしても真琴は気にせず一緒に食事を楽しむことができた。

「おかたづけー」

自分が使った皿やグラスを、壱太が流し台に運んでいく。

洗い物を自分で運ぶのが西嶺家のルールになっているらしく、昨日も同じように彼は後片づけをした。

「ありがとうね」

席を立って自分の分を流しに持って行った真琴は、調理台に皿を載せた壱太の頭を優しく撫でてやる。

彼はまだ小さいから、さすがに流し台の中に皿などを置くことができない。それでも充分すぎるほど役に立っている。

西嶺なりの躾《しつけ》なのだろうが、小さなころから親の手伝いを学ばせていることに感心した。

「もうテレビみていーいー？」

隣に並んだ真琴を、壱太が大きな瞳で見上げてくる。

「テレビを見る前に手を洗おうね」

「はーい」

水道の蛇口を捻って水を出し、前に立たせた壱太を抱き上げると、自ら両手を前に伸ばして洗い始めた。

「はい、終わり」

壱太を床に下ろし、乾いたタオルで手を拭いてやる。

昨日、西嶺がしたことの見よう見真似だ。

「ありがとー」

きちんと礼を言った彼が、奥の部屋に走って行く。

なにか見たい番組でもあるのだろうか。子供向けの番組などよくわからないが、急いた様子を見ると、お気に入りの番組がありそうだ。

「なにが見たいの？」

リモコンを手に訊ねた真琴を、ちゃっかりベッドに上がって座っている壱太が真っ直ぐに見上げてくる。

「七チャンネルー」

「七チャンネルね」

スイッチを入れてチャンネルを合わせると、よく目にするアニメのキャラクターが映し出された。

壱太のお目当ては、子供たちに大人気の、黄色くてずんぐりとした可愛らしいネズミが登場するアニメだったようだ。

「向こうにいるからね」

テレビに見入ってる壱太に声をかけ、真琴はキッチンに戻っていく。

一緒に遊んでやるつもりでいたけれど、彼はアニメに夢中になっている。それなら、先に洗い物をすませてしまったほうがよさそうだ。

「なんかいいなぁ……」

テレビの音に混じって、壱太の笑い声が聞こえてくる。

ずっとひとり暮らしで静かな生活を送ってきたせいか、愛らしい声を聞きながら洗い物をしていると幸せな気分になった。

「あっ……」

洗い物をしている最中にスマートフォンが鳴り、慌てて水を止めて手を拭く。

「亮司さんかな?」

取り出したスマートフォンには、案の定、西嶺の名前が表示されていた。

七時半を過ぎたところだが、なにかあったのだろうか。

もしかしたら、予定より早く帰れるようになったのかもしれない。そんな期待を胸に電話に出た。

「はい、真琴です」

『壱太はもう帰ってるのかな?』

「ええ、ご飯を食べて、今はテレビを見てます」

西嶺に答えつつ、流し台から移動して壱太の様子を確認する。

ベッドに座っている彼は、両膝を抱え込んで大人しくテレビを見ていた。

『そうか、ありがとう』

「亮司さん、何時ごろになりそうですか?」

『それが、ちょっと見通しが立たなくて……』

どこか申し訳なさそうな声を聞いて、かなり帰りが遅くなりそうだと感じた。

「亮司さんが戻るまで壱太君と一緒にいますから、心配しないで仕事をしてください」

『真琴さんだって仕事があるだろう?』

「僕は昼間しか仕事をしないので大丈夫ですよ」

『ホントに？』

疑わしげに聞き返してきたのは、面倒をかけていることに対する負い目からだろう。

「本当ですよ、嘘なんか言ってません。あっ、壱太君と代わりますね」

声が聞きたいだろうと思い、テレビを見ている壱太に声をかける。

「壱太君、パパから電話だよ」

「いまテレビみてるのー」

「パパ、少し遅くなるって言ってるよ、お話ししなくていいの？」

「いいのー、パパはおしごとがんばってねー」

大好きなアニメには、父親も勝てなかったようだ。

「すみません、アニメに夢中で……」

壱太の言いように笑いが込み上げてきたが、息子の声が聞こえているであろう西嶺が可哀想でグッと堪《こら》えた。

『まったく、俺よりアニメだなんて、相変わらずだな』

肩を落としたのが目に浮かぶような声に、またしても込み上げてきた笑いを飲み下す。

「もし壱太君が寝る時間より遅くなるようだったら、僕のベッドで寝かせますけど、いつも何時くらいに寝ているんですか？」

『本当に申し訳ない、九時に寝かせてもらえると助かるんだけど……』

「わかりました」

『甘えちゃってごめん、俺、真琴さんしか頼れる人がいないから』

西嶺の口調は軽めだが、感謝の気持ちはすんなりと伝わってきた。

頼りにされるのは嬉しいものだ。それに、彼は息子を放り出して遊んでいるわけではないのだから、やはり自分にできることはしてあげたかった。

「あっ、そういえば壱太君って部屋の鍵を持ってたりします？」

『念のため青い鞄のポケットに入れてるけど、なんで？』

「ウチで寝かせるならお風呂に入れてあげたいから、亮司さんの部屋に入ってかまわなければ、着替えを取りに行こうかなと思って」

『真琴さんにそんなことまでさせられないって。帰ってから俺が着替えさせるから、そのまま寝かせてくれればいいよ』

西嶺は慌てたように提案を拒んできたが、何時に仕事が終わるかわからない状況なのだから、パジャマに着替えさせてやりたかった。

「時間ならたっぷりありますから、気にしないでください」

『でも……』

「着替えのある場所って壱太君でもわかります？」

『真琴さん、俺のことまだよく知らないのに、なんでそこまでしてくれるの？』

問い返されて一瞬、言葉に詰まったけれど、あまり悩むことなく答えは出てきた。

「なんか壱太君のお世話をするのが楽しくて」

『迷惑じゃないの？』

「ぜんぜん、迷惑だなんてこれっぽっちも思ってませんよ」

きっぱりと答えた真琴は仕切りの引き戸に背を預け、テレビに夢中になっている壱太を見つめる。

幼い子の世話などしたことがないし、するようになるとは思ってもいなかった。けれど、いざ壱太と接してみたら、一緒にいるのが楽しくてしかたないのだ。

『その言葉、信じちゃうよ？』

「どうぞ、どうぞ」

『なんか俺、マジで真琴さんに惚《ほ》れそうだ』

しんみりとした口調で言われ、真琴は思わず声を立てて笑った。

「馬鹿なこと言ってないで、早く仕事に戻ってください」

『あっ、ああ……そうするよ』

西嶺の声に焦りが感じられたのはなぜだろうか。

ドギマギしている様子が電話の向こうから伝わってきたから、少しきつい言い方になってしまったのだろうかと気になる。

けれど、あれこれ考えていると沈黙が続いてしまいそうで、真琴は気を取り直す。

「じゃあ、鍵をお借りして部屋に入らせてもらいますね」

『片付けの途中なんでちらかってるけど気にしないで』

西嶺の声にはどこか取り繕った感があったけれど、ここは気にせずに答える。

「了解しました」

『会社を出る前に電話するよ』

「お願いします」

画面をタップして電話を切った真琴は、スマートフォンをジッと見つめた。

彼の言葉にぎこちなさを感じたのは、気のせいだろうか。

「まことしゃーん、テレビおわったー」

ベッドから飛び降りた壱太が、真琴に駆け寄ってくる。

「パパはおそくなるのー？」

「まだお仕事が終わらないんだって」

「そっか……」

大きく仰ぎ見てきていた壱太が、がっくりと肩を落とす。

先ほどはアニメを優先したけれど、やはり父親に早く会いたい思いがあるようだ。

寂しがっている彼を目にしたとたん、西嶺が戻るまでのあいだ自分が楽しませてあげなければという気持ちに駆られてきた。

「今日はここにお泊まりになるかもしれないよ」

小さな手を取ってベッドに行き、壱太を抱っこして腰かける。

「ホントにー？　まことしゃんのおへやにおとまりするのー？」

前を向いていた彼が、瞳を輝かせて振り返ってきた。

「もしかしたらね」

さすがに西嶺も徹夜になることはないだろうが、一晩、預かってもいいくらいに考えている真琴は、笑顔で壱太を見返す。

「パパがいなくて寝られる？」

「まことしゃんがいるからだいじょーぶー」

一心に見つめてくる壱太が可愛くてしかたない。

会って二日目にしてここまで懐かれると、デレデレになってしまいそうだ。

「じゃあ、一緒に壱太君のおウチへ行って着替えを取ってこようか」

「ボクのおウチにいくのー？」

きょとんとした顔で幾度も目を瞬《しばた》かせる。

「そうだよ、青い鞄におウチの鍵が入ってるでしょう？」

「うん」

「おウチの鍵があればお部屋に入れるからね」

「そっかー」

真琴の膝から飛び降りた壱太が、キッチンに走って行く。

保育園の鞄は、キッチンの椅子の背に引っかけてあるのだ。

彼を追ってキッチンに入ると、壱太が鞄の中を探っていた。

「これー」

小さな手を真琴に向けて差し出してくる。

「ありがとう」

クマのマスコットが付いたキーホルダーを受け取り、壱太と手を繋いで玄関に向かう。

先に運動靴を履かせ、スニーカーを突っかけて玄関を出た真琴はすぐにドアの鍵をかけ、壱太と二人で西嶺の部屋に向かう。

「おへやねー、まことしゃんちよりおおきいんだよー」

「そうなの？」

「そー」

真琴を見上げた壱太が大きくうなずく。

「パパとボクのおへやがべつなのー」

「壱太君、ひとりで寝てるんだ？」

「そうだよー」

てっきり西嶺と一緒に寝ているものと思っていた。

三歳くらいでもひとりで寝られるものなのだと、育児の経験がないから驚くと同時に感心してしまう。

「ちょっと待ってね」

西嶺の部屋の前で足を止めた真琴は解錠してドアを開け、電気を点《つ》けてから壱太の背に手を添えて中に入るよう促す。

「お邪魔します」

スニーカーを脱いで廊下に上がり、ひとしきりあたりを見回す。

自分の部屋とまったく造りが違っている。

まず真琴の部屋に廊下はない。玄関を開けるとすぐキッチンになっているのだ。

西嶺の部屋は短いけれど廊下があり、その先に六畳ほどのキッチンがあった。

蓋が開いた段ボール箱などが床に置かれたままで雑然としているが、引っ越してきたばかりだからしかたない。

「壱太君のお着替えはどこにあるのかな？」

「こっちー」

キッチンを通り越した壱太が、引き戸を勢いよく開ける。

「ここがボクのおへやー」

あとを追って入った部屋は、キッチンと同じほどの広さだった。

子供用のベッド、洋ダンスと整理ダンス、机が置いてあり、こちらにも段ボール箱が幾つか置いてある。

「ここに入ってるよー」

整理ダンスの前に正座した壱太が、一番下の引き出しを開けた。

「けっこうきちんとしてるんだ……」

丁寧に畳まれてしまわれている下着類に感心しつつ、壱太の横に正座する。

まずは青いパジャマを取り出して膝に載せ、次に白いランニングに目を向けたが、ふと迷いを覚えて壱太に顔を向けた。

「壱太君、パジャマの下にシャツって着てる？」

「これきてるー」

壱太がランニングを引っ張り出す。

「じゃあ、これとパンツ……」

手渡されたランニング、さらにパンツをパジャマに重ねる。

どれも小さくて驚く。洗濯して乾いた子供の衣類を、西嶺が一枚一枚、畳んでいるのだ。

結婚をしていたころも、率先して子育てを手伝っていたのだろうか。それとも、離婚をしてひとりで育てることになり、否応なく家事を始めたのだろうか。

そもそも、なぜ離婚をしたのだろうか。父子の生活を目の当たりにしたせいか、さまざまな思いが脳裏を駆け巡った。

「オモチャもっていってもいーい?」

「いいよ」

真琴の答えを聞くなり立ち上がった壱太が、部屋に置かれた段ボールを開けてガサゴソとやり出す。

「このごほんもー?」

壱太が見せてきたのは真琴が手がけた絵本の中の一冊だった。

表紙にはクマが描いてある。クマのキーホルダーといい、クマが好きなのかもしれない。

今度、クマのイラストでも描いてあげようかと、そんな思いが浮かぶ。

「同じご本が僕のウチにあるよ」

「じゃあオモチャだけー」

幾つものミニカーを載せた両手を見せてくる。

「一緒に持って行ってあげるからここに載せて」

重ねた衣類を差し出すと、壱太がその上にミニカーを載せた。

「僕の部屋に戻るよ」

声をかけて玄関に向かう。

「あっ、歯ブラシか……」

途中でふと思い出し、洗面所に立ち寄る。

「あった、あった」

コップに差してある小さな歯ブラシを手に取って洗面所を出ると、壱太が運動靴を履いて待っていた。

「ドアあけていーい？」

「いいよ」

了解を得た彼が、小さな手でドアノブを摑《つか》む。

「ん――――しょ」

まだ力が足りないのか、気合いを入れてノブを回してドアを押し開けると、健気《けなげ》にも両手で支えてくれた。

「ありがとう」

礼を言って先に廊下に出た真琴は、すぐさま肩でドアを押さえる。

壱太が出てくるのを待ち、ドアを閉めて鍵をかけた。

向かう先はわかっているのに、彼はその場で待っている。

自分勝手な行動をしないのも、西嶺がきちんと躾けているからだろう。

朝早くから壱太の世話をし、夜遅くまで仕事をして帰宅してからも、食事を作ったり洗濯をしたり一緒に風呂に入ったりと、西嶺はひとりですべてをこなさなければならないのだから、その苦労たるや計り知れない。

「壱太君、パパのこと好き？」

「だーいーすき！」

間髪を容れずに答えてきた壱太は、満面の笑みを浮かべている。

その表情は、無邪気で、純真で、愛らしい。こんな笑顔を見たら、疲れなど一気に吹き飛んでしまうに違いない。

よく子供は天使に例えられるが、まさにその通りだと思える。無垢《むく》な壱太を見ていると、西嶺がひとりで頑張れる気持ちが少しわかったような気がした。

「まことしゃんもだーいすき」

「ホント？」

「ほんとだよー」

純粋な瞳で見上げられ、面映ゆい思いで壱太を見返す。

「ありがとう、僕も壱太君が大好きだよ」

素直な気持ちを言葉にすると、彼が嬉しそうにふふっと笑った。

可愛らしい笑顔に、自然と頬が緩む。

子供が身近にいるだけで気持ちが新鮮になり、かつてない幸せを感じられる。

自分から手を繋いできた壱太と廊下を歩く真琴は、この楽しい日常がいつまでも続くことを願ってやまなかった。

6

パジャマ姿でフローリングの床に膝を立てて座っている真琴は、両の足に立てかけた大きなスケッチブックに鉛筆を走らせている。

「気持ちよさそうな寝顔だなぁ……」

描いているのはベッドですやすやと眠っている壱太だ。

一緒に風呂に入り、パジャマを着替えさせたあと、絵本を読んでやっていたら、途中で寝てしまったのだ。

九時近かったこともあり、早すぎることもないだろうと考え、そのままベッドに寝かせて布団をかけてやった。

壱太が眠ってしまったことで、元気な声が絶えず響いていた部屋が、いつものように静まり返った。

けれど、自分のベッドで小さな子供が寝ていて、耳を澄ませば小さな寝息が聞こえているのはいつもの夜と違っている。

普段は読書をしたりテレビを見て過ごしているが、なぜか無性に壱太の寝顔が描いてみたくなり、真琴はスケッチを始めたのだった。

仕事柄、頻繁にスケッチをする。今日はスケッチをすると決めた日は、公園、遊園地、動物園などに行き、一日中、スケッチをして過ごす。

人物や風景に限らず、目にしたすべてをスケッチするくらいのつもりで、描くことに没頭するのだ。

けれど、寝ている子供を描いたことはない。親の腕の中や、ベビーカーで眠っている子がいても、近くからスケッチすることはできないからだ。

「睫《まつげ》が長いんだ……」

緩やかにカールしている壱太の長い睫の一本一本を丁寧に描いていく。

スケッチを始めてからいったい何枚、描いただろうか。

寝顔や全身はいろいろな角度から描いた。寝返りを打てば、また新たにその姿を描き、布団から出ている小さな手だけを描いたりもした。

描いても描いても飽き足りない。ぐっすりと眠っているのに、ほんのちょっとした瞬間に表情が変わり、それを描かずにはいられなくなるのだ。

「あっ……」

いきなり着信音が鳴り響き、あたふたと手を伸ばした真琴は、机の上に出しておいたスマートフォンを取り上げる。画面には西嶺の名前が表示されていた。

「うーん……」

小さな声をもらした壱太が寝返りを打った。

幸いなことに目を覚まさなかったようだが、マナーモードに切り替えておかなかったことを後悔しつつ、スケッチブックと鉛筆を床に下ろして部屋を出て行く。

「もしもし、真琴です」

画面をタップして電話に出た真琴は、仕切りの引き戸を静かに閉め、キッチンの端まで移動する。

『真琴さん？　電話が遠いみたいだけど？』

「すみません、壱太君が寝ているので」

『おとなしく寝たのかな？』

「絵本を読んであげていたらコトンって寝ちゃいました」

『そっか、ありがとう』

「仕事、終わったんですか？」

いったい何時なのだろうかと、壁の時計に目を向けた。

針が一時を指していて驚く。四時間近くもスケッチに夢中になっていたのだ。

『今、タクシーでそっちに向かってるところなんだ、あと五分くらいで着くよ』

「わかりました、じゃあ玄関の鍵を開けておきますね」

『遅くまで壱太の世話をさせちゃって本当にゴメン。こんなに遅くなると思ってなかったから、真琴さんがいてくれて助かったよ。じゃ、あとで』

「はい」

電話を終えた真琴は、スマートフォンを尻ポケットにしまいながら小さく笑う。

西嶺はこれまで何度、礼の言葉を口にしただろうか。

壱太の世話などまったく苦に感じていない。楽しい時間を過ごさせてもらった思いがあるから、逆に申し訳なくなってくる。

「あっ、夕飯のこと訊くの忘れた……」

玄関に行って鍵を解錠し、食事の用意をどうしようかと迷う。

深夜まで仕事をしていたのだから、いくらなんでも合間に食事くらいしているだろう。

「でも、片手間にすませてるかもしれないし……」

菓子パンやおにぎりなどの軽食しか口にできなかった可能性もあり、とりあえず用意だけしておこうと準備を始めた。

ガスコンロにフライパンとコーンポタージュが入った鍋を載せて火をつけ、冷蔵庫から成形したハンバーグだねを取ってくる。

西嶺のためにかなり大きく作った。正確に重さは測っていないが、二百グラム以上はあるはずだ。

温まったフライパンに油を入れ、ハンバーグだねをそっと入れる。付け合わせはニンジンのグラッセ、塩茹《しおゆ》でしたインゲン、粉ふきいもで、こちらは電子レンジで温めればいい。

「ただいま」

ハンバーグの焼け具合を確かめていた真琴は、西嶺の控えめな声に気づいて振り返る。

「おかえりなさい」

フライパンにフタをしてから、玄関に立っている彼に静かに歩み寄っていく。

朝とは少し様相が違っている。

無意識に何度も手櫛《てぐし》を入れたのか、整えてあった髪が乱れていた。うっすらヒゲも伸びていて、顔に疲れが滲《にじ》み出ている。

「夕食はどうしました？」

「ちょっと厄介《やっかい》なことになって、飯どころじゃなかった」

苦笑いを浮かべて肩を竦めた西嶺を見て、用意をしておいてよかったと思う。

「もうすぐハンバーグが焼けますから、座って待っててください」

「いいよ、とっくに十二時を回ってるのに、これ以上、迷惑はかけられない」

「一時でも二時でも一緒ですよ」

早く上がれと片手で促し、真琴はガスコンロに戻る。

フタを取ってみると上手い具合にハンバーグが焼き上がっていた。

付け合わせを載せた皿を電子レンジに入れてタイマーをセットし、用意しておいた小振りのスープボウルに温めたコーンポタージュを注ぐ。

「よく寝てるな」

引き戸を少し開けて壱太の様子を窺《うかが》い見ていた西嶺が、テーブルに戻ってスーツの上着を脱ぎ、引き出した椅子の背に引っかける。

「寝付きがいいのでびっくりしました」

「寝付きだけじゃなくて寝起きもいいから助かってるんだ」

「先にスープをどうぞ」

椅子に腰かけた西嶺に、スプーンを差したスープボウルを差し出す。

「ありがとう、ホントは腹が減って死にそうだったんだ」

笑いながらカップを受け取った彼が、さっそくスープを飲み始める。

電子レンジが鳴り、皿を取り出した真琴は焼きたてのハンバーグを盛りつけ、テーブルに運ぶ。

「あっ、ナイフとフォーク……」

テーブルに皿を下ろしたところで気がつき、食器棚からナイフとフォークを取って戻る。

「そうだ、お水……」

水も出し忘れていた。

冷蔵庫からペットボトルを出し、グラスと一緒にテーブルに運ぶ。

あとは白飯をよそえばおしまいだ。

「はいどうぞ」

炊飯器で保温していた白飯を平皿に盛りつけ、ハンバーグの皿に並べる。

食器は百円ショップで買ってきた。どんな料理にも合わせられるよう、使い勝手のいい白い食器で揃えてある。

「ありがとう」

笑顔で礼を言った西嶺を、真琴は立ったまま見つめた。

まるで、小さな子供を寝かしつけ、残業をして帰宅する夫を寝ずに待つ妻のようだ。

赤の他人のために、どうしてこんなことをしているのだろう。どう考えてもおかしな状況なのに、楽しんでいるから不思議でならなかった。

「なんか新婚時代を思い出すなぁ……」

「えっ？」

物思いに耽《ふけ》っていた真琴は不意のつぶやきに目を瞠り、ナイフとフォークを手に食事を始めた西嶺を見返す。

「結婚したてのころは、別れた奥さんもそうやってパジャマ姿で俺の帰りを待っててくれたんだよ」

「あっ……」

パジャマを着ていることを思い出し、にわかに慌てる。

壱太と一緒に風呂に入ったから、なにも考えずパジャマを着てしまった。

身内ならいざ知らず、たとえ遅い時間であっても、同じ男であっても、隣人をパジャマ姿で迎えるのは失礼な気がする。

「すみません、亮司さんが迎えに来るのがわかっていたのに……」

「迷惑をかけてるのはこっちなんだから、そんなふうに謝らないでよ。それに、パジャマ姿の真琴さんって、なんか可愛い」

西嶺が笑いながらハンバーグを頬張る。

「可愛いなんて歳上に言うものじゃありませんよ」

ペットボトルの水をグラスに注いでいた真琴は、向かい側の椅子を引き出して腰かけ、西嶺を真っ直ぐに見据えた。

「歳上？　真琴さんが？」

「僕はもう三十三ですからね、間違いなく亮司さんより歳上だと思いますよ」

「うっそー」

思わず大きな声を出した西嶺が、慌てたように口を噤《つぐ》んで奥の部屋に目を向ける。

互いに黙ったまま耳を澄ましたが、壱太が目を覚ました気配は感じられなかった。

「俺より五つも上なの？　マジで？」

声を潜めてテーブルに身を乗り出した彼が、穴が空くほど真琴を見つめてくる。

「嘘をつくなら実際の年齢より若く言いますよ」

「それもそうか……」

彼はそう言いながらも、いまだ信じられないといった顔をしていた。

「真琴さん見た目が若いし、言葉が丁寧だからてっきり俺より下だと思ってたよ」

「まあ見た目が年相応じゃない自覚はありますけどね」

「俺が敬語を使わないといけなかったんだな……」

申し訳なさそうに肩をすくめつつも、次々に料理を口に運んでいく。

よほど腹が減っていたのか、かなり多めに盛った白飯もすでに残り少なくなっていた。

「ご飯のおかわりしますか？」

「ん？　ああ、大丈夫」

皿に目を向けてから小さく首を横に振り、そのまま食事を続ける。

少し前に言ったことをもう忘れているのか、言葉遣いが変わっていなかった。

けれど、真琴はなにも言うつもりはない。いまさら敬語を使われても違和感しかないだろうし、ざっくばらんな話し方のほうが西嶺らしく思えたからだ。

「はー、美味かったぁ……」

早々と食事を終えてため息をもらした西嶺が、最後にグラスの水を飲み干す。

「二日続けて手料理が食えるなんて幸せ」

満足げな顔で椅子の背に寄りかかる。

離婚してからの彼は、自ら料理をすることもあるようだが、仕事帰りに壱太を迎えに行っていることを考えれば、調理にあまり時間はかけられないだろう。

仕事で帰りが遅くなれば、どれほど壱太のことをたいせつに思っていても、弁当など出来合いのものですませたくなってしまうかもしれない。

それでは壱太も可哀想だ。なにより、長い時間、保育園に預けられている壱太を思うと胸が痛む。

西嶺は仕事中も気が気ではないだろう。幼い壱太はいつも寂しい思いをしているはず。

けれど、男手ひとつで子供を育てているのでは、現状から抜け出すことは難しい。

「亮司さん、もしよければ、明日から壱太君のお迎えを僕にさせてくれませんか？」

「えっ？」

唐突な提案に、西嶺が眉根を寄せて見返してきた。

彼らが越してきたのは昨日のことであり、隣同士になったよしみと言うには、あまりにも出過ぎた真似かも知れない。

それでも、働きながら必死に子育てをしている西嶺には限界がある。彼が抱えている問題を少しでも解決できるのであれば、自分なりにできることをしてやりたかった。

「よく知りもしない僕に預けるのは不安かもしれませんけど、今日みたいな緊急事態が突発的に起こることを考えると、壱太君のためにも決まった時間に迎えに行ける人がいたほうがいいと思うんです」

「真琴さんに壱太を預けることに不安なんてないし、すごく有り難い話だけど、真琴さんだって仕事があるんだからさすがにそこまで甘えられないよ」

厳しい表情で言った彼が、大きく首を横に振る。

甘えたい気持ちがありながらも、差し伸べた手をすぐに取らないところが彼らしい。

楽な道を選ぶことを躊躇う彼だからこそ、よけいに手助けしたくなる。

「仕事をするのは夕方までって決めているんです。だから、六時半なら余裕で迎えに行けるし、亮司さんが戻るまで一緒にいてあげれば、壱太君も寂しくないかなって」

「でも……」

簡単には首を縦に振らないだろうことは予想していた。だから、真琴は諦めることなく真摯《しん》《し》な思いで彼を説得する。

「僕が壱太君を預かっていれば、亮司さんだって時間を気にせず仕事に専念できるんじゃありませんか？」

「そうしてもらえたら助かるけど、俺はなにもできないのに真琴さんに甘えてばっかりっていうのもさぁ……」

彼が口にする言葉の端々に人間味が感じられ、ますます手助けしてあげたくなってきた。

「遠慮なんていりませんよ。子供がいる生活って楽しいなって思っていたところだし、小さな子がそばにいると、僕も刺激になっていい絵が描けるような気がするんです」

組んだ両手をテーブルに載せて身を乗り出し、柔らかに微笑んで見せる。

しばらく絵から離れてみようと思っていたのに、壱太の寝顔を見たら描かずにはいられなくなった。

あんなふうに描きたい意欲を覚えたのは、久しぶりのような気がする。

西嶺のためにできることをしてあげたいという気持ちに偽りはない。ただ同時に、壱太がそばにいることで自分の中のなにかが変わり、スランプから抜け出せるように思えてならないのだ。

「そんなこと言ったら、本気で甘えちゃうよ？」

彼らしい言い方に、思わず頬が緩む。

「じゃあ、明日から同じ時間に壱太君を迎えに行きますから、亮司さんは安心して仕事をしてください」

「ありがとう……あっ……」

笑顔で礼を言った彼が、不意に口を噤んだかと思うと、急に椅子から腰を上げて姿勢を正した。

「ありがとうございます、壱太をよろしくお願いします」

口調を変え、深く頭を下げてくる。

ここに来て自分が歳下であること思い出したらしい。

「今までどおりでいいですよ、丁寧な言い方をされるとなんか変な感じだから」

彼を見上げた真琴は、やめてくれと笑う。

会社勤めをしているのだから、彼も仕事場ではきちんと敬語を使うこともあるだろう。

でも、たとえ歳上であっても、自分に対しては使ってほしくない。よい距離感で会話ができているのに、それが台無しになってしまう気がするのだ。

「では、お言葉に甘えて、ありがとう、真琴さん。俺にできることなんてたかがしれてるけど、してほしいことがあったら遠慮なく言ってね」

「考えておきます」

素直に言うことを聞いた西嶺が、なんだかとても好ましく思えた。

彼と一緒に過ごした時間などほんのわずかでしかないのに、昔からの知り合いのような錯覚を起こす。とても不思議な感覚だった。

「じゃあ、そろそろ」

時間を気にした西嶺が、食べ終えた食器を重ねていく。

言葉遣いとは裏腹に、彼には礼儀を欠かない生真面目なところがある。こうした一面にも真琴は惹《ひ》かれた。

「いいですよ、早く壱太君を連れて帰ってあげてください」

彼を制して立ち上がり、奥の部屋に目を向ける。

「わかった」

笑顔でうなずいた西嶺が椅子の背にかけていた上着を羽織り、静かに引き戸を開けて部屋に入っていく。

あとに続いた真琴は、通園着や鞄を入れておいた紙の手提げ袋を取り上げる。

「壱太、帰るぞ」

ベッドの脇で身を屈《かが》めた西嶺が、ぐっすり眠っている壱太を抱き上げた。

それでも壱太は目を覚まさない。深い眠りに落ちているのは、一緒に過ごした時間を楽しんでくれたからだろうか。そうであれば真琴も嬉しいかぎりだ。

「よく寝てるわ」

呆れ気味に言いながら、壱太を抱き上げた西嶺が部屋を出て行く。

壱太はすっかり西嶺の肩に頬を預けてしまっている。

なんとも可愛い寝顔に、父親に抱かれて眠る姿を描きたくなってきた。

「いろいろとありがとう、ハンバーグ、目茶苦茶、美味しかったよ」

革靴を履いて向き直ってきた西嶺が、満面の笑みで見つめてくる。

「これ、通園着が入ってます」

「ありがとう」

改めて礼を言った彼が、空いている手で手提げ袋を受け取った。

そこで彼の両手が塞《ふさ》がったことに気づき、真琴は彼の脇から手を伸ばして玄関のドアを開ける。

「一緒に行って鍵を開けましょうか？」

「平気平気、慣れてるから」

大丈夫と笑った彼が、肩でドアを押し開けて廊下に出た。

すぐさまスニーカーを突っかけてドアを押さえ、壱太を抱っこしている西嶺を見送る。

「おやすみなさい」

「おやすみ」

笑顔で言って背を向けた彼が廊下を歩き出す。

壱太の小さな頭が、西嶺の肩ごしに見える。

スーツを着て幼子を抱き、紙袋を片手に提げて歩く父親の後ろ姿が、なんとも微笑ましく映った。

「親子っていいなぁ……」

彼らの姿を描きたい衝動に駆られた真琴は、その場で目に焼き付ける。

ドアの前で足を止めて振り返ってきた西嶺に会釈をし、静かにドアを閉めて鍵をかけた。

「忘れないうちに描いておこう」

急いで部屋に行き、スケッチブックと鉛筆を手に取る。

記憶を頼りに絵を描くのは難しい。けれど、なぜか今もそこにいるかのように、壱太を抱いて歩く西嶺の後ろ姿が浮かんでくる。

すでに深夜の二時近くだというのに、スケッチブックを手にした真琴は、時間を忘れて西嶺の姿を描いていた。

7

真琴が保育園に壱太を迎えに行くようになって十日が過ぎた。

朝から夕方までの生活は、これまでとなにも変わっていない。ひとりで仕事をしている部屋は静けさに包まれ、時間はゆっくりと流れていく。

けれど、壱太と一緒に保育園から帰ってきてからは一変した。部屋には明るい笑い声が響き、瞬く間に時間が過ぎていく。

仕事を終えた西嶺が帰ってくる時間はまちまちで、真琴は壱太と先に夕飯をすませるようになっていた。

「いいにおいがするー」

部屋でゲームをしていた壱太が、匂いに釣られてキッチンに姿を現す。

通園着から普段着に着替えている彼は、ワッペンがついたトレーナーとジャージのズボンを穿いている。

西嶺の帰宅が遅くなるときは一緒に風呂に入っているため、普段着だけでなくパジャマや下着も預かっていた。

「今夜はビーフシチューだよ」

「すっごーい!」

鍋を掻き混ぜていた真琴が教えると、パッと顔を綻ばせた壱太が駆け寄ってくる。

隣で必死に背伸びをし、クンクンと鼻を動かす。

壱太と先に夕食をすませてしまうが、真琴は必ず西嶺のぶんも用意していた。

最初こそ遠慮した西嶺も、手料理の誘惑には勝てなかったらしく、毎日、欠かさず食べていっている。

よくよく訊いてみたところ、西嶺は離婚をするまではほとんど自分で料理をしたことがなかったらしい。

別れた妻から一方的に浮気を疑われて離婚届を突きつけられ、壱太を引き取って育てる決意を固めたものの、洗濯や掃除は苦もなくこなせるが、料理だけは上達しないということだった。

そうしたこともあってか、栄養のバランスを考えた食事を作ってもらえるから助かっていると、毎日のように感謝の言葉を口にしてきた。

「お腹空いた?」

「すいたー」

元気のいい返事に目を細め、壱太の肩をポンと叩く。

「ご飯にするから手を洗ってきて」

「はーい」

壱太がすぐさま洗面所に向かう。

「今夜も遅いのかな……」

壱太を預かるようになってから、三人で食事をしたのはたったの二回だ。

ただ、忙しいのは新作ゲームの完成が間近に迫っているからで、一年を通して帰りが遅いわけではないらしく、揃って食事ができるまでしばしの辛抱といった感じだった。

「あらってきたー」

「ちゃんとタオルで拭いてきた？」

真琴が声をかけると、駆け寄ってきた壱太が両手を前に伸ばして見せてくる。

小さな手を確認し、大きくうなずき返す。

「はい、よくできまし……」

褒め言葉を口にしたところで呼び鈴が鳴り響く。

「ただいまー」

誰だろうと思う間もなく、ドア越しに西嶺の声が聞こえてきた。

「パパだー」

嬉しそうに声をあげた壱太が、一目散に玄関へと向かう。

仕事を終えた西嶺は、当たり前のように真琴の部屋に帰ってくる。呼び鈴が鳴ったあとに聞こえてくるドア越しの声に、いつしか胸が弾むようになっていた。

真琴は鍋を載せているガスコンロの火を細め、すぐに壱太のあと追う。すると、運動靴を履く手間すら惜しかったのか、壱太は両足で踏みつけて鍵を開けようとしていた。

それだけ早く父親に会いたいからだろう。壱太にとって父親は唯一無二の存在なのだ。

「パーパ、おかえりなさーい」

ドアを開けた壱太が、西嶺を大きく仰ぎ見る。

「ただいま、いい子にしてたか？」

「してたー」

その場で壱太を抱き上げた西嶺が、真琴に視線を向けてくる。

「手違いで作業が中断になったから、一緒に飯を食いたくて急いで帰ってきた」

「ちょうどシチューが完成したところなんですよ、すぐに亮司さんのぶんも用意しますね」

夫の早い帰宅を喜ぶ新妻のように、真琴は声を弾ませた。

けれど、浮かれている自分にすぐに気づき、いまさらと思いながらも何食わぬ顔で食器棚に向かう。

「パーパ、なにもってるのー？」

床に下ろされた壱太が、西嶺が提げている角張った紙袋に目を向けた。

「みんなで食べようと思ってケーキを買ってきた」

西嶺が紙袋をテーブルに下ろし、スーツの上着を脱ぐ。

最近の彼は、まるで自宅にいるかのように振る舞う。三人でいる時間は短いけれど、真琴はいつもこの瞬間だけ家族になったような気分になるのだった。

「冷蔵庫に入れておきましょうか？」

「ああ、俺が入れるよ」

脱いだ上着を椅子の背にかけた彼が、紙袋から取り出した箱を持って冷蔵庫の前に行き、ドアを開けた。

中身が見たくてしかたないのか、壱太は西嶺のそばをうろちょろしている。

「ケーキみせてー」

「あとのお楽しみ」

すぐに見せると思っていたのに、西嶺はそのまま箱を冷蔵庫に入れてドアを閉めた。

「えーっ」

どんなケーキを買ってきたのか興味があった真琴は、壱太と一緒に思わず不満の声をあげてしまった。

「真琴さんまで」

子供と同じ反応をしたことを西嶺に笑われ、一気に顔が赤くなる。

「すみません……」

恥ずかしくて目を合わすことができず、そそくさと食器棚から皿を取り出し、ガスコンロに戻った。

「パーパ、てーあらってこないとまことしゃんにしかられるよー」

「壱太は洗ったのか？」

「あらったー」

「じゃ、ひとりで洗いに行くかな」

「ボクもいっしょにいくー」

久しぶりに早く帰ってきた父親と、壱太はいっときも離れたくないようだ。

「パパの存在は大きいんだなぁ……」

父である西嶺と競うつもりは毛頭ないが、西嶺が帰ってきたとたんに壱太が離れて行ってしまうのが寂しいというか悔しい。

幼い子に「パパとママのどっちが好き」と親が訊いたりするのと、似たような気持ちなのだろうか。

このところ、かつて味わったことがない感情によく囚われる。彼らと知り合ってから、これまで以上に気持ちが豊かになっているような気がした。

「手伝うよ」

壱太と一緒に洗面所から戻ってきた西嶺が、真琴の横でシャツの袖を捲《まく》り上げていく。世話になっているお礼だと言って、彼は率先して手伝ってくれるのだ。

「冷蔵庫からサラダを出してください」

「了解」

短く答えた彼が冷蔵庫のドアを開けると、すぐに壱太が駆け寄って行く。父親と一緒に手伝いをしたいのだ。

「これ運んで」

小さなサラダボウルをひとつ渡された壱太が、楽しそうにテーブルに運んでいく。

残りの二つを取り出した西嶺が、クルリと向きを変えてテーブルに下ろす。長身で腕が長い彼は、楽に手が届くのだ。

「真琴さんもビール飲む？」

「いただきます」

真琴が即座に答えると、彼は片手で二本の缶ビールを掴み、空いた手で水の入ったペットボトルを取り、冷蔵庫のドアを肩で閉めた。

今では常に缶ビールが冷蔵庫に入っている。食費を出すと言われて断ったら、彼は定期的に缶ビールをまとめて買ってくるようになったのだ。

毎晩、欠かさず飲むほど酒好きではないけれど、たまに無性に飲みたくなるときがあり、冷蔵庫で缶ビールを冷やしていた。それを見て、彼は気を利かせてくれたらしい。

壱太と二人で食事をしているときには飲まないが、遅くに帰ってきた彼の晩酌《ばんしゃく》に付き合うようになり、このところ毎晩のように一缶、空けていた。

「ビーフシチューだからスプーンがいるな」

缶ビールとペットボトルをテーブルに下ろした西嶺が、食器棚に向き直って引き出しを開ける。

「壱太、スプーンとフォークを三本ずつテーブルに運んで」

「はーい」

食器棚の前にしゃがみ込んだ壱太が、箸《はし》やカトラリーが入っている引き出しを覗き込む。

その様子を西嶺は脇に立って見ている。

手を切る可能性があるナイフが一緒に入っているから、見守っているのだろう。手伝わせたいけれど不安もある。西嶺の一挙一動から、壱太を大事に思う親心が伝わってきた。

「ロールパン、追加で温めますけど、何個にしますか？」

「俺？　ロールパンなら四つだな……ってそんなにある？」

「大丈夫です八個入りなので」

調理台からロールパンの袋を取り上げ、残っている四個をオーブントースターに並べて入れる。

自分と壱太のためにすでに四個、温めてあったから、八個入りのロールパンが一食でなくなった。ひとり暮らしではあり得ないことだから、変な感動を覚えてしまう。

「できたー」

「よーし、じゃあ椅子に座って」

「はーい」

西嶺から促された壱太が、子供用の椅子を自ら引き出す。

毎日、壱太に食事をさせてくれているのだからと、西嶺がわざわざ壱太用に買ってきたのだ。折りたたんだ毛布で高さを調整する手間が省けるだけでなく、子供向けに作られた椅子であれば壱太の安全も保たれるからだろう。

壱太も尻に敷いた毛布を気にすることなく食事ができるようになったため、いつも上機嫌で自分専用の椅子によじ登って腰かけていた。

間もなくしてオーブントースターのタイマーが切れ、真琴は皿に盛りつけてテーブルに運んでいく。

久しぶりに三人分の料理がテーブルに並んだ。ただそれだけのことが、やけに嬉しく感じられて目を細める。

「これで全部?」

「はい」

真琴が笑顔でうなずき返すと、西嶺は壱太の隣の席に着いた。

「さあ、召し上がれ」

「いっただきまーす」

壱太の向かい側に腰を下ろした真琴のひと声に、元気な声をあげた壱太がスプーンを取り上げ、西嶺が並べて置いてある缶ビールのタブを次々に指先で引き上げていく。

「はい」

手を伸ばしてきた西嶺が、真琴の前に缶ビールを置いてくれる。

それくらいのことは自分でするのにと思いつつも、彼の気遣いを無下にしたくない真琴はなにも言わずにいた。

「今日もありがとう」

「お疲れさまでした」

西嶺と乾杯をし、冷えたビールで喉《のど》を潤す。

彼は毎晩、欠かさず礼を言ってくれる。好きで世話を始めたことだから、礼など不要だと思っているけれど、彼の役に立てているのだと実感できる瞬間でもあった。

ニコニコしながらビーフシチューを頬張る壱太と、美味しそうに喉を鳴らしてビールを飲んでいる西嶺を見つめつつ、真琴は幸せな気分に浸る。

「ビーフシチューおいしいー」

「真琴さんが作ったんだから美味いに決まってるだろ」

笑いながら言った西嶺が、壱太の口角についているシチューを指先で拭《ぬぐ》い、その指をペロリと舐《な》めた。

それを目にした真琴は、テーブルの端に置いてあるティッシュペーパーの箱を西嶺のほうに寄せてやる。

「ありがと」

笑顔を向けてきた彼がティッシュペーパーを引き出して指先を拭いた。

「サラダもちゃんと食べるんだぞ」

片手にスプーン、もう片方の手にロールパンを持って口をモグモグさせている壱太が、サラダボウルを指さしてきた西嶺にコクコクとうなずき返す。

西嶺は息子の素直な反応に満足したのか、皿から取り上げたロールパンを半分に千切り、ビーフシチューに浸した。

「パパ、なにしてるのー?」

不思議そうに小首を傾げた壱太が、西嶺の手元に目を向ける。

「こうやって食べると美味いんだよ」

壱太と顔を見合わせた西嶺が、ロールパンでビーフシチューをすくい上げ、大きく開けた口に放り込む。

その様子を見入っていた壱太が、持っていたロールパンをビーフシチューにグイッと押し込んだ。

西嶺を真似てロールパンでシチューをすくおうとするが、なかなか上手くできない。悪戦苦闘しているうちに、パンがふやけてきた。

「ほら、口を開けて」

見かねた西嶺が脇から手を伸ばし、手にしている自分のパンでシチューをすくってひな鳥のように口をぱかっと開けた壱太に食べさせてやる。

嬉しそうに口を動かす壱太を見つつ、西嶺は皿の中でふやけているロールパンを器用に摘《つ》まみ上げ、顔を寄せて自分の口に入れた。

「さっきよりおいしーい」

ゴクンと飲み下して言った壱太が、瞳を輝かせて新たなロールパンに手を伸ばす。

「こうやってスプーンでパンに載せて食べてもいいんだぞ」

半分に千切ったパンを取り上げた西嶺が、別の食べ方を実践して見せる。

西嶺の面倒見のよさには、いつも感心してしまう。

親が子供の世話をするのは、いたって当然のことなのかもしれない。けれど、壱太に対する接し方を見ていると、本来はいるべき母親のぶんを補わなければといった思いから、彼なりに頑張っているように感じられた。

「わかったー」

父親の手元をジッと見つめていた壱太が、小さな手でロールパンを半分にし、スプーンですくったシチューを載せて口に運ぶ。

「うふっ」

上手くできた壱太が、満足そうに笑う。

「真琴さん、食べないの？」

缶ビールを片手に二人の様子を眺めていた真琴は、西嶺の指摘にハッと我に返った。

「あっ、いえ……」

小さく首を横に振って缶ビールをテーブルに下ろし、手にしたスプーンでビーフシチューを食べ始める。

食事を忘れてしまうくらい、父子のやり取りに夢中になってしまった。

本当に彼らは見ていて飽きない。こうして彼らが食事をするところを、いつまでも見ていたいと思ってしまうのだ。

楽しそうな二人の姿を目に焼き付け、ひとりになってからスケッチブックに描くのが最近では日課になっている。

鉛筆を持ったとたんに、勝手に手が動き出す。時間を忘れて、何枚も何枚も描き続けた。

彼らを描いているときは迷いがない。なにを描けばいいのだろうかと悩んでいたのが、まるで嘘のようだった。

「こうやっていつも三人で晩飯、食べたいよなぁ……」

「急にどうしたんですか？」

西嶺らしくないしんみりとした言い方に、真琴は解せない顔で見返す。

「三人で食事してると心が和むって言うか、疲れが吹き飛んで壱太と真琴さんのために明日も仕事、頑張ろうって気になるんだ」

「壱太君のためというのはわかりますけど、どうして僕も含まれているんですか？」

「だって、真琴さんは家族みたいなもんだろう？」

「家族？」

軽く首を傾げて目を瞬かせた。

「あっ、迷惑だった？　でも、壱太と一緒に俺の帰りを待っていてくれる真琴さんは、俺にとって家族も同然なんだ」

「迷惑だなんて……そう言ってもらえると、なんか嬉しいです」

とんでもないと首を振った真琴は、照れくさそうに和らいだ笑みを浮かべている西嶺を見つめる。

まさか、彼がそんなふうに思ってくれているとは、考えもしなかった。一緒に過ごす時間を幸せに感じていたからこそ彼の言葉が嬉しく、胸がジーンとなる。

「俺も真琴さんにそう言ってもらえて嬉しいよ」

安堵の笑みを浮かべた西嶺が、一気に缶ビールを呷《あお》った。

（ママの代わりってことでいいのかな……）

真琴は自分の役割をふと考える。

西嶺は壱太の格好いい父親であり、その立ち位置が揺らぐことはない。となると、昼間、壱太の世話をして、食事の用意をする自分は母親といったところだろうか。

（ママって……）

壱太の母親になるなら、必然的に西嶺の妻に——そんな考えがふと脳裏を過り、急に恥ずかしくなった真琴は、赤くなった顔を見られないよう下を向いて食事を続けた。

「パパ、つぎのおやすみにみんなでどっかいこー」

「三人でか？」

「そうー、まことしゃんといっしょにおでかけしたいのー」

壱太の言葉にふと顔を起こした真琴に、西嶺が視線を移してくる。

「真琴さん、今度の日曜日って空いてる？」

「ええ、別に予定は入ってないです」

平静を装って答えたものの、おかしな考えが浮かんだばかりだからか、まっすぐに彼を見返せなかった。

「俺さ、久しぶりにフルで休めるんだよ、一緒に出かけないか？」

「かまいませんけど、たまの休みくらい……」

ゆっくり過ごしたらどうかと言おうとしたのだが、彼にとって優先すべきは壱太なのだと気づいて口を噤んだ。

「ボク、どうぶつえんにいきたいのー」

いきなり壱太からリクエストされ、思わず西嶺と顔を見合わせる。

どうすると言いたげな視線を向けられ、迷わず笑みを浮かべた。

「動物園、いいね。日曜日はみんなで動物園に行こう」

真琴が明るい声で言うと、壱太がパッと顔を綻ばせた。

「いくー」

「よかったな？」

西嶺が笑いながら壱太の顔を覗き込む。

「うん」

大きく首を縦に振った壱太は、本当に嬉しそうな顔をしている。

成人してからの真琴にとって動物園はスケッチをする場所であり、いつもひとりで足を運んできた。

三人で行く動物園は、いったいどんな感じなのだろうか。これまで目にしてきた景色も、彼らと一緒だと違って見えるのだろうか。

（でも、三人で行ったら、自分だけ浮いちゃわないかな……）

西嶺と壱太は、どう見ても親子だ。一緒にいる自分が周りからどう見られるのか、少しばかり気になるところだった。

幼い子を連れた男の二人連れは、悪い意味で目立ってしまいそうだ。とはいえ、それを理由に行きたくないと言えるわけもない。

（べつにどう見られてもいいか……）

三人で行こうと言ったくらいなのだから西嶺は、まったく気にしていないはずだ。

気にしていることを知ったら、きっと西嶺は考えすぎだと一笑に付すだろう。

周りのことなど気にせず、彼らと行く動物園を満喫すればいいのだ。楽しそうに会話をしている西嶺と壱太を見つつ、真琴はそう考え直していた。

8

日曜日は半袖《はんそで》でも過ごせそうなほど暖かで、動物園を見て回るには絶好の日和《ひより》だった。

上野にある動物園は、休日とあってかおおいに賑《にぎ》わっている。

家族連れ、カップル、老夫婦、若者のグループなど、様々な人々がのんびりとした足取りで行き交っていた。

真琴《まこと》はざっくりと編んだ生成りのコットンセーターに、焦げ茶のデニムパンツを合わせ、たくさん歩けるようにスニーカーを履き、大きめのデイパックを背負っている。

デイパックにしたのは、小さな子供を連れて歩くのだから、両手が空いているほうがなにかといいだろうと考えてのことだった。

「つぎはシロクマさんがみたーい」

西嶺《にしみね》と真琴に挟まれて手を繋《つな》いで歩く壱太《いちた》は、水色のギンガムチェックで仕立てた長袖のシャツに紺色の半ズボンを合わせ、白に青のラインが入ったスニーカーを履いている。

斜めがけにしている小さなポシェットには、タオルのハンカチと迷子になったときのための連絡先を記したカードが入っていた。

「ちょっと待ってくれ」

西嶺が手にしている園内マップに目を落とす。

薄い桜色の長袖シャツと細身の黒いパンツに革靴といった出《い》で立ちで、軽く髪を後ろに流している彼はいつになく格好いい。

「ずっと先ですよ」

何度も来ていて園内を熟知している真琴は、前方を指さす。

園内は順路が整えられている。けれど、次から次へと壱太が見たい動物を口にするものだから、順路など無視して行ったり来たりしているのだ。

結果的にかなりの距離を歩くことになってしまうのに、あまり遊びに連れて行ってやれない罪滅ぼしなのか、西嶺は文句を言うことなく壱太の望みを叶《かな》えてやっていた。

「今どこだ?」

「ゾウはここです」

園内マップを見せてきた西嶺に、指を差して教えてやる。

「なんだ、入口のほうに戻ってきてたのか……」

「一周して戻ってきた感じですね」

ため息交じりに言った西嶺を、笑いながら見返す。

「ホッキョクグマがいるところまでけっこうあるな……真琴さん、疲れてない？」

「ええ、大丈夫です」

「毎日、壱太の相手をしてもらってるから、遊びに出たら息抜きになるかなと思ったんだけど、なんか思惑が外れた気がして……」

西嶺は申し訳なさそうな顔をしていたが、自分を気遣ってくれていたのだと知って真琴は嬉しくなった。

「思惑が外れたなんてことないですよ、僕は思いきり楽しんでますから」

「ねー、はやくいこー」

焦《じ》れた壱太が、繋いでいる手を前後に揺らしてきた。

久しぶりに父親と出かける嬉しさに興奮気味の彼は、散々、歩き回ったというのにまだ元気があり余っている。

このぶんだと、西嶺は疲れ果てた壱太を抱っこして帰ることになりそうだ。けれど、そうした苦労も、今日の西嶺は楽しめそうな気がした。

「このまま真《ま》っ直《す》ぐ行けばいいってこと？」

「そうです」

笑顔でうなずき返した真琴は、園内マップを胸のポケットに入れた西嶺と一緒に、壱太の手を引いて歩き出す。

幼い子供の歩調に合わせているから、同じ距離でもいつもの倍近く時間がかかる。九時半の開園に合わせて来たけれど、園内を半分も見ないうちに昼を迎えそうだった。

「壱太、熊《くま》さんがいるぞ」

「ホントだー」

月の輪熊を目にした壱太が急に駆け出し、慌てて歩調を速める。

日曜日ということもあり、柵《さく》の周りに大勢の見物客がいて近づけない。

子供連れだからといって割って入るわけにもいかず、遠巻きに月の輪熊を眺めていたのだが、しばらくするうちに客がポツポツと離れていき、上手《うま》い具合に隙間ができた。

「わーい」

すかさず前に出た壱太が、鉄の棒でできた柵のあいだから月の輪熊を眺める。

すると、さりげなく壱太の真後ろに立った西嶺が、両手で目の前の柵を摑《つか》んだ。

柵は壱太の背丈ほどの高さがある。とはいえ、小さな子供はなにをするかわからない。

西嶺はただ一緒に見物しているように見えるが、きちんと壱太を守っているのだ。

「なんでくびのしたのとこだけしろいのー?」

柵のあいだから手を伸ばした壱太が、立ち上がった一頭を指さす。

「ここにいる熊さんは、みんな首のところが白くなってるんだよ。あの白いのが三日月に見えるから月の輪熊って言うんだ」

「ツキノワグマっていうんだー」

「大きくて格好いいな」

「すごくかっこいいー」

夢中になって月の輪熊を見ている彼らから離れた真琴は、背負っているデイパックから小さいスケッチブックと鉛筆を取り出し、手早く仲睦《なかむつ》まじい姿をスケッチしていく。

写真を撮って、あとで描き写してもいいのだが、やはりその場でスケッチしたい思いがあり、デイパックに道具を忍ばせてきたのだ。

「シロクマさんはどこにいるの」

「まだ先だと思うけど、この熊さんはもういいのか?」

「もうみたからいいのー」

早くも飽きたらしい壱太の声に、真琴はスケッチブックと鉛筆をデイパックにしまい、彼らに歩み寄っていく。

「シロクマさんどこー」

「もうちょっと歩いたところにいるよ」

西嶺と手を繋いで柵から離れてきた壱太の手を取り、ホッキョクグマが展示されている場所を目指す。

しばらく進むと、白い岩壁が見えてきた。人気のホッキョクグマとあって、月の輪熊以上に見物客が多い。

「あー、いたー、シロクマさんだー」

壱太に手を引っ張られ、西嶺と一緒に小走りになる。

目ざとく隙間を見つけて前に出た壱太が柵にへばりつき、食い入るようにホッキョクグマを眺め出す。

先ほどと同じように西嶺が壱太の後ろに立ったところで、彼らから離れた真琴は逆の角度からスケッチを始めた。

動物は山ほど描いてきたから、今回は人物に限定している。今はまだいろいろな角度から描くことができないでいるが、それでも充分にスケッチを楽しんでいた。

「パーパ、おなかすいたー」

「なんだよ急に、シロクマさんが泳いでるところとか、下に行けば見られるようになってるみたいだぞ」

「おなかすいてるから、あとでいいのー」

駄々を捏《こ》ね始めた壱太を見て手を止めた真琴は、急いで彼らに歩み寄る。

「もうお昼だから、ごはんにしようか？」

「ごはんにするー」

声をかけた真琴を振り返ってきた壱太が、嬉しそうに笑いながら見上げてきた。

「そこの休憩所でお昼にしましょう」

道なりに下っていくと広い休憩所があり、たくさんのテーブルセットが置かれている。

「食堂があるから、そっちのほうがいいんじゃないか？」

「お弁当を作ってきたんです」

真琴は身体《からだ》を軽く捻《ひね》り、背負っているデイパックを見せた。

「だからそんな大きなの背負ってたのかぁ……」

喜んでもらえると思っていたのに、なぜか西嶺は残念そうに肩を落とす。

あまりにも意外な反応に、余計なことをしてしまったのだろうかと、真琴は不安になってきた。

「お弁当……迷惑でしたか？」

「違う違う、嬉しいに決まってるじゃないか。ただ、いつも夕飯を作ってもらってるから、今日くらいは俺が真琴さんにご馳走《ちそう》しようと思ってたんだよ」

恐る恐る訊《たず》ねていた真琴は、思いがけない西嶺の言葉に一気に胸が熱くなる。

彼はいつだって礼や労《ねぎら》いの言葉を忘れない。それだけで充分に満たされていたから、彼の気持ちが嬉しくてたまらない。

「じゃあ、それはまたの機会に」

「そうだな、今日は真琴さんの手作り弁当を堪能《たんのう》させてもらうよ」

顔を見合わせて笑っていると、壱太が不満顔で見上げてきた。

「おなかすいたってばー」

「わかった、わかった」

西嶺がその場に屈《かが》んで、壱太をヒョイと抱き上げる。

「お昼ご飯は真琴さんが作ってくれたお弁当だぞ」

「おべんとー？　まことしゃんがつくったのー？」

壱太が目を瞠《みは》って真琴を見てきた。

毎日のように料理を作っているのに、どうして彼は驚いたりしたのだろうか。

「そう、真琴さんの手作り弁当だ」

「すっごーい」

「なんか嬉しいよなぁ……」

「ボクもうれしいー」

二人とも喜んでくれているようだが、なんだか解せない。

「お弁当が珍しいんですか？」

「壱太は出来合いの弁当しか食べたことないんだよ、保育園は給食だし、遊びに行くからって弁当を作ってくれる人もいないから」

「ああ……」

ようやく納得できた。壱太は今日、生まれて初めて手作りの弁当を食べるのだ。

それが自分の作った弁当だと思うと感慨深い。

動物園に行くことになった時点で、弁当を作ろうと決めていたけれど、まさかこんな展開になるとは思ってもいなかった。

「外で手作り弁当を食べられるなんて最高だよ、さあ、行こう」

西嶺が急《せ》いたように休憩所に向けて歩き出す。

壱太ばかりか、西嶺までが手作りの弁当を楽しみにしてくれている。こんなに感激されるとは思っていなかったから、胸いっぱいに喜びが込み上げてきた。

壱太を抱いている西嶺の歩調が速い。いくらもせずに休憩所に到着してしまった。

「すごい人だ……」

昼時とあってか、テーブルが客で埋め尽くされている。

弁当は一人前ずつになっていないから、できることならテーブルに着いて食事をしたい。

西嶺と一緒になって必死に目を凝らす。

「あそこ、空いてます」

空席を見つけるなり、真琴は駆け出していた。

大人げないのは百も承知している。けれど、ぐずぐずしていたら、他の客に先を越されてしまう。

「はぁ……」

テーブルを確保した真琴は、デイパックを背もたれつきの椅子《いす》に下ろして口を開く。

百円ショップで買ってきた小さめのクロスを取り出し、丸いテーブルに広げた。

「急に走り出すからビックリしたよ」

追ってきた西嶺が、呆《あき》れ気味に笑う。

「すみません、テーブルがあったほうがよかったので……」

やはり大人げなく映ってしまったかと、少し恥ずかしくなる。

「俺、飲み物でも買ってこようか？」

「大丈夫です、持ってきてますから」

「用意がいいなぁ……」

感心とも呆れともつかない声をもらしながら、抱いている壱太を地面に下ろす。

「たくさん歩いたから疲れただろう？　壱太は座っていいぞ」

「はーい」

素直に返事をした壱太が、椅子にちょこんと腰かける。

「まずは手を拭《ふ》こうね」

デイパックのポケットから取り出したウエットティッシュを、脇から手を伸ばしてきた西嶺にすぐさま取り上げられてしまう。

「俺がやるよ」

封を切って引っ張り出したウエットティッシュを、まず真琴に差し出してきた。

「ありがとうございます」

そそくさと手を拭き、ステンレスの水筒と紙コップを取り出す。

「冷たい麦茶が入ってますから、先に飲ませてあげてください」

「ありがとう」

壱太の手を拭いてやっていた西嶺が、水筒の蓋《ふた》を開けて三つの紙コップに麦茶を満たしていく。

「はい」

紙コップを壱太の手に持たせた彼を見つつ、真琴はプラスティックの保存容器をテーブルに並べていった。

深さのある長方形の二つの保存容器には、たっぷりのおかずとおにぎりが入っている。

「おっ、鳥からかぁ」

「あっ、とりからだー」

蓋を開けたとたん、西嶺父子が揃《そろ》って弾んだ声をあげた。

弁当といえば鳥の唐揚げは欠かせないだろう。そう思って多めに入れてきたのだが、どうやら正解だったようだ。

「エビマヨ、ポテサラ、厚焼き卵にカリフラワーとミニトマト、それと、これなに？」

保存容器を覗《のぞ》き込んでいた西嶺が、さらに顔を近づける。

「厚揚げに挽肉《ひきにく》を詰めて、甘辛く煮てあるんです」

「へぇ……すごいな」

「おにぎりたべたーい」

待ちきれないとばかりに椅子から立ち上がった壱太が、紙コップをテーブルに置いて三角形のおにぎりに手を伸ばす。

「おかかと鮭《さけ》とタラコと昆布があるけど、どれがいい？」

具は四種類あり、すべて三個ずつ用意してきた。中身がわかるよう、海苔《のり》の巻き方を変えてあるが、判別できるのは作った真琴だけだ。

「しゃけがいいー」

「じゃあ、これね」

真琴が細長く切った海苔をぐるりと一周させてるおにぎりを持たせると、壱太は嬉しそうに笑って頬張《ほおば》った。

「亮司《りょうじ》さんもお先にどうぞ」

「そういうわけにいかないだろう、手伝うよ」

真琴が取り出した紙の皿や割り箸《ばし》を、ひと組にして並べ始める。

周りからときおり好奇の目を向けられたが、まったく気にならない。天気のいい屋外で西嶺たちと昼食の準備をしているのが、真琴は楽しくてしかたないのだ。

「真琴さん、やっぱりビール飲もうよ、これだけの料理があるんだから、絶対にビールのほうがいいって」

「そうですか？」

「俺、買ってくる」

昼間から酒を飲むのはどうかと思ったけれど、飲む気満々の西嶺はさっさとビールを買いに行ってしまった。

「パーパ、いっしょにいくー」

おにぎりを持ったまま、壱太が父親を追いかける。

ひとり残された真琴は、笑いながら一緒に売店に向かう西嶺たちを眺めた。

「ホントにパパが大好きなんだなぁ……」

手を繋いで歩く彼らを描きたくなり、スケッチブックと鉛筆を用意する。

売店の前には長い列ができていて、戻ってくるまでしばらくかかりそうだ。

「正面から描きたいんだよねぇ……」

描いているところを見られるのが恥ずかしく、こっそりスケッチしているからしかたがないとはいえ、後ろ姿ばかりなのはさすがに寂しい。

「戻ってくるところを描けたらいいんだけど……」

ひとりつぶやきながら鉛筆を走らせていた真琴が視線を前に戻すと、先ほどまで見えていた西嶺の姿がなかった。

「あれ？」

いっこうに進まない列に痺《しび》れを切らし、ビールを諦《あきら》めたのかもしれないと、あたりに目を凝らしてみる。

小さな壱太は他の客に紛れて見えないにしても、長身の西嶺はすぐに目につくはず。それなのに、なかなか見つけられない。

「うん？」

尻《しり》ポケットに入れているスマートフォンから着信音が鳴り響き、あたりに目を凝らしながら取り出した。

「亮司さん？　なんで……」

嫌な予感がした真琴は、泡を食って電話に出る。

「はい、真琴です」

『壱太、そっちに戻ってる？』

「いえ、戻ってきてませんけど、どうかしたんですか？」

『急にいなくなっちゃったんだ』

「えっ？」

『売店で支払いをしてるときに、ちょっと手を離しただけなんだけど……』

西嶺は電話で話をしながら歩き回っているようだ。

ここで待っているより、二手に分かれて探したほうが早い気がする。

「亮司さん、今どこにいるんですか？」

『ホッキョクグマのところまで来てる』

「じゃあ、僕は別の場所を探してみます。見つかったらすぐに電話してくださいね」

言うだけ言って電話を切り、デイパックから取り出した財布を手にその場を離れる。

走り回るのに大きなデイパックは邪魔だ。中に盗まれて困るようなものは入っていない。

仮にスケッチブックを失ったとしても、また描けばいいだけのこと。今は一刻も早く壱太を探さなければいけない。

「よっぽどのことがなければ、壱太君がパパから離れてどこかに行くわけない……」

真琴は売店に走って行く。

壱太が舞い戻っている可能性があるからだ。そこに父親の姿がなければ、パニックを起こすかもしれない。

「壱太くーん！」

声をあげてあたりを見回したが、返事もなければ姿も見当たらなかった。

「どっちに向かったんだろう……」

動物が見たくなったのなら、西嶺にせがむはずだ。壱太は自分勝手に見に行くような子ではない。

父親の存在すら忘れてしまうほどのなにか——あたりに目を凝らしながら、必死になってそのなにかを考えた。

「とにかく亮司さんと反対側に行ってみるか……」

休憩所の周りには、鳥を展示しているコーナーが幾つかある。

「壱太くーん！　壱太くーん！」

呼びかけながら歩き出した真琴は、トイレの場所を示す標識を目にしてふと足を止めた。

「急におしっこがしたくなったのかも……」

トイレに行きたくなったのであれば西嶺に訴えそうなものだが、会計の最中で手が離せない状態だったことを考えると、壱太が勝手にその場を離れた可能性もある。

小さな可能性でも、排除してはいけない。とにかく確認をしなければと、真琴はトイレに向かって走る。

「壱太く……」

どこからともなく聞こえてきた子供の泣き声に、ハタと足を止めて耳を澄ます。

「あっちか……」

泣き声は後方から聞こえてくるようだ。

その場で向きを変え、走ってきた道を戻っていく。

少しずつ泣き声がハッキリしてきた。

「男の子？」

泣いているのが壱太であることを願い、真琴は必死に走る。

間もなくして、泣いている子供を見つけた。

子供を連れた若い夫婦の前で、小さな男の子が泣きじゃくっている。

その子の服装から壱太であると確信し、一目散に駆け出す。

「壱太くーん！」

真琴の声に気づいて振り返った壱太が、より大きな泣き声を上げて走ってきた。

「わーん……まことしゃーーーーん……」

「壱太君、よかった……」

泣きながら体当たりしてきた壱太を抱き上げた真琴は、震えている小さな背中を優しく撫《な》でてやる。

壱太と一緒にいた夫婦に歩み寄っていくと、二十代半ばとおぼしき女性が安堵《あんど》の笑みを浮かべて真琴を見てきた。

「ボク、パパと会えてよかったわね」

「ありがとうございました、急にいなくなってしまって……本当にありがとうございます」

壱太をしっかりと抱いたまま、真琴は何度も夫婦に頭を下げる。

「私をママと勘違いして、一緒についてきてしまったみたいなんです」

「そうでしたか……ご迷惑をかけて申し訳ありませんでした」

「もう手を離さないであげてくださいね」

女性の言葉は、母親らしい優しさに溢《あふ》れていた。

「はい」

真琴は改めて深く頭を下げ、壱太を抱いたまま休憩所のテーブルに戻って行く。

壱太はときおりしゃくりあげるが、安心したのかもう泣き止《や》んでいた。

「あっ、そうだ……」

尻ポケットからスマートフォンを取り出し、西嶺に電話をかける。

『真琴さん、みつかった？』

「はい、休憩所のテーブルに向かっているところなので、すぐ戻ってきてください」

『わかった』

電話を終えた真琴は、スマートフォンをポケットに入れて壱太を抱き直し、涙に濡《ぬ》れた顔を覗き込む。

「迷子になってビックリしちゃったんだね、もう大丈夫だよ」

そっと頭を抱き込んでやると、小さな手でしがみついてきた。

父親の手を離してついていってしまったのは、それだけ母親が恋しかったからだろう。

どれほど西嶺が愛情を注いでも、子供は母親を求めるものなのかもしれない。

壱太が姿を消した理由を知ってショックを受けるであろう西嶺を思うと、頑張っている姿を見てきただけに可哀想《かわいそう》でならなかった。

「よかった、そのままだ……」

放置していた時間が短かったことが幸いしたのか、テーブルに並べた手作り弁当も、椅子に置いていったデイパックも無事だった。

真琴は壱太を抱いたまま椅子に座り、西嶺が戻ってくるのを待つ。はぐれて怖い思いをした壱太はしがみついて離れない。

「すぐにパパが来るからね」

壱太をあやしながら、間もなく西嶺が姿を見せるであろう方向に目を向ける。

これまでに壱太が寂しそうな素振りを見せたのは、西嶺の帰りが深夜になってしまったときだけだった。

母親について言及したこともなかったから、赤の他人である若い女性についていったのは驚きだ。

（楽しそうな親子連れを見て、急に寂しくなっちゃったんだろうなぁ……）

母親に甘える自分と同じくらいの子供を目にして、壱太はふいに寂しさを感じてしまったのだろう。

壱太のそばにいて世話をしてやることはできても、男ではとうてい母親の代わりになどなれないのだ。

（亮司さん、再婚しないのかな……）

これまで、西嶺は「再婚」という言葉を口にしたことがない。それでも、壱太はかけがえのない存在なのだから、新しい母親が必要だと思っているはずだ。

（亮司さんが再婚……）

壱太に新しい母親ができれば、自分はお役御免になると思ったとたんに、言いようのない寂しさを覚えた。

賑やかで楽しい時間を過ごせなくなる。そればかりか、壱太と一緒に西嶺の帰りを待つことができなくなるのだ。それがひどく残念でならなかった。

「壱太！」

突然、響いた西嶺の声に、物思いに耽《ふけ》っていた真琴はハッと我に返る。

「壱太君、パパだよ」

声をかけたけれど、なぜか壱太は顔を上げない。

西嶺に飛びついていくと思ったのに、いったいどうしたのだろうか。

「壱太君？」

「パパ、きっとおこってる……」

耳元でボソボソと言った壱太は、叱《しか》られることを恐れているようだ。

確かに西嶺は躾《しつ》けに厳しい。けれど、壱太の無事を知った今の西嶺が、叱るような真似をするとは思えなかった。

「怒ってないから大丈夫」

優しく頭を撫でて言い聞かせ、壱太を抱いたまま椅子から腰を上げる。

「急にいなくなったりするな……壱太が見つからなくて、心臓が止まりそうだったんだぞ」

安堵しきった顔をしている西嶺が、真琴の手から壱太を取り上げた。

「無事でよかった……」

思いの丈を込めて我が子を抱きしめる。

西嶺にとって壱太は本当にかけがえのない存在なのだと、真琴は改めて実感した。

「どうしてパパから離れたんだ？」

「ごめんなさい……」

壱太は詫《わ》びただけで、理由を口にしない。

西嶺の口調は穏やかで、怒っていないと壱太もわかっているはずだ。それでも黙っているのは、まだ幼いながらも言ってはいけないと思っているからかもしれない。

壱太に口を閉ざされた西嶺が、困惑した顔で真琴を見てくる。正直に伝えるべきかどうかを迷ったけれど、父親である彼には息子の思いを知っておいてほしい気がした。

「若いママについていっちゃったみたいなんです」

それを聞いた西嶺の顔が、一瞬にして強張《こわば》る。

これまでに、今回のような事態に陥ったことがないのだろう。

「ごめん、壱太……ママがいなくて寂しいんだよな……ごめん……」

壱太を真っ直ぐに見つめた西嶺が、小さな頭をそっと抱き寄せた。

止むを得ない事情があって離婚したにしろ、別れてスッキリするのは当事者だけであって、親がひとりになった子供は不安や寂しさを抱えることになる。

ママがほしいとか、寂しいとか、そうした言葉を口にしなくても、きっと壱太は本能で母親を求めているのだ。

「ボク、さみしくなんかないよー」

思いがけない壱太の言葉に、小さな頭に頬を擦り寄せていた西嶺がパッと顔を起こす。

「パパがいればいいのー」

「壱太……」

「パパがねー、だーいすきなのー」

無邪気に笑う壱太を、西嶺が眉根《まゆね》を寄せて見返す。

「ママがいなくてもいいのか？」

「まことしゃんがいるからへいきー、パパとまことしゃんがいればさみしくないよー」

彼らのやり取りに胸を熱くしていた真琴は、いきなり壱太の口から飛び出した自分の名前に驚いて目を丸くした。

「新しいママより真琴さんのほうがいいって」

つい先ほどまで深刻な顔をしていた西嶺が、満面の笑みで真琴を見つめてくる。

せめて母親の代わりになれたら、そんな思いでずっと世話をしてきただけに、壱太の言葉はなによりも嬉しかった。

とはいえ、こういった状況で西嶺にどう答えたものか迷い、真琴はただ曖昧《あいまい》に微笑《ほほえ》んで見せる。

「パパ、ごはーん」

「そうだな、みんなで昼ご飯にしよう」

明るい声で言った西嶺が、壱太を抱いたまま椅子に腰かける。

壱太が無事に見つかり、迷子になった理由も判明した。さらには、壱太の思いも確認できた西嶺は、早くも気持ちを切り替えたようだ。

「じゃあ、もう一回、手を拭いてくださいね」

壱太に必要とされている喜びを噛《か》みしめながら、真琴はウエットティッシュを西嶺に手渡す。

「そうだ、亮司さん、ビールは？」

ふと思い出して問いかけると、西嶺がハッとした顔で見上げてきた。

「売店に置いてきちゃったよ」

「会計はすませてるんですね？　僕、取りに行ってきます」

「真琴さん、いいよ」

テーブルを離れかけていた真琴は、引き留めてきた西嶺を振り返る。

「早く真琴さんの弁当を食べたいよな、壱太？」

膝《ひざ》に乗せた壱太の顔を覗き込みながら、西嶺がウエットティッシュで小さな手を丹念に拭いていく。

「たべたーい」

すっかりいつもの明るい壱太に戻っている。

ビールが無駄になってしまうが、食事を優先した西嶺の気持ちをくみ取り、紙の皿におかずを盛りつけていく。

「はい、どうぞ」

紙の皿に割った箸を添え、壱太を抱っこしている西嶺の前に置く。

膝に乗せたままにしているのは、そのまま食べるつもりでいるからだろう。

いっときも壱太のそばを離れたくない。そんな西嶺の思いが今の様子から感じられた。

「おにぎりはなにがいいかな？」

「えーっとねー、タラコー」

「はい、タラコのおにぎり」

手を伸ばしてきた壱太に、おにぎりを渡す。

「俺もタラコがいいな」

「どうぞ」

「ありがとう」

差し出したおにぎりを受け取って礼を言った西嶺が、大きな口を開けてかぶりつく。

壱太と一緒におにぎりを頬張っている西嶺は、楽しげな表情を浮かべている。

必死に壱太を探し回った姿が容易に想像できるからこそ、普段と変わらない笑顔を見て安心した。

「まことしゃんのおにぎりおいしいねー」

「美味《おい》しいな」

父子が顔を見合わせて笑う。

「こんな美味《うま》いおにぎりを食べるのは久しぶりだよ、コンビニのおにぎりとは雲泥の差だ」

「褒めすぎですよ」

「いや、マジで美味すぎ」

西嶺に真顔で言われ、真琴は顔を綻《ほころ》ばせる。

手料理を褒められるのは、たとえお世辞であっても嬉しいものだ。

「パーパ、からあげとってー」

「手で取っていいぞ」

西嶺が取り上げた皿から、壱太が唐揚げを直《じか》に摑み取る。

おにぎりと唐揚げを両手に持った壱太は、嬉しそうに足をパタパタさせた。

「写真、撮りますね」

スケッチしたいところだが、そうもいかない。

ポケットからスマートフォンを取り出し、食事をしている二人を撮影していく。

これまでにも、あちらこちらで写真を撮ってきた。もちろん壱太の思い出になればと考えてのことだが、正面から撮った彼らをあとで描き写そうと思っているのだ。

「真琴さんも一緒に撮ろうよ」

西嶺に手招きされ、彼らが座っている椅子の後ろに移動する。

「貸して」

真琴が素直にスマートフォンを渡すと、彼が手を前に伸ばして三人一緒の写真を撮影してくれた。

三人で撮った写真は何枚になるだろうか。真琴がスマートフォンを取り出して撮影を始めると、必ず西嶺は一緒に撮ろうと言ってくれるのだ。

「おっ、すごい顔してるぞ」

撮ったばかりの写真を表示させた西嶺が、真琴に見せてくる。

「可愛いですね」

おにぎりにかぶりつく瞬間の壱太が、画面に映し出されていた。

「真琴さんも可愛いけどね」

西嶺が頭を反らして見上げてくる。

向けられた眼差《まなざ》しがいつになく熱く感じられ、急に気恥ずかしくなった真琴は、素知らぬ顔でスマートフォンを彼の手から取り上げて自分の席に戻る。

「壱太、卵焼き食べるか？」

「たべるー」

先に一口、囓《かじ》っていた西嶺が、箸で摘《つ》まんでいる卵焼きを壱太の口元に運ぶ。

「あーんして」

言われるまま壱太が大きく開けた口に、彼が残りの半分を入れてやる。

「おいしーい」

卵焼きを食べた壱太が明るい声を響かせた。

彼は甘い卵焼きが大好きなのだ。だから、砂糖を多めに入れてある。

作ってきた弁当のおかずは、どれも夕食のテーブルにすでに並べてきたものばかりで、彼らが食べるのは初めてではない。

場所や雰囲気が違えば、知っている味も新鮮に感じるといったところだろうか。

いつものように食欲旺盛《おうせい》な彼らを眺めつつ、真琴もおにぎりを手に取り食べ始める。

「みんなで出かけるのって楽しいよな？　今度は遊園地にでも行くか？」

西嶺の提案に、思わず壱太と顔を見合わせた。

「いくー」

「行きましょう」

壱太と真琴の返事が見事に揃い、西嶺が声を立てて笑う。

こんなにも陽気な彼を見るのは初めてかもしれない。

「次も弁当、作ってくれるよね？」

「もちろんです」

間髪を容れずに答えると、嬉しそうに顔を綻ばせた。

なんて楽しいのだろうか。このまま時が止まってほしい。そうすれば、ずっと三人で一緒にいられる。

西嶺たちとこのまま過ごしたいと思う真琴は、無理だとわかっていてもそう願わずにはいられなかった。

9

普段はひとり静かに仕事をしている午後を、今日の真琴は編集者の田坂万里子《たさかまりこ》と過ごしていた。

コンクールで賞を獲った絵本を出版してもらってから、ずっと担当してくれている。

三十五歳になる田坂はベテランで腕の立つ編集者であり、なおかつ、気心が知れた彼女は仕事におけるよき相談相手でもあった。

「違うジャンルってどういうこと？」

キッチンのテーブルでコーヒーを飲んでいる田坂に解せない顔をされ、向かい側に座る真琴は苦笑いを浮かべて肩を竦《すく》める。

「ずっと動物ばかり描いてきたから、新境地を目指そうかなって」

「コンセプトができてるなら、得意そうな作家さんをあたってみるけど？」

「ホント？」

テーブルに置いたマグカップを意味もなく両手で弄《いじ》っていた真琴は、パッと目を瞠って身を乗り出す。

これまでのパートナーと仕事を続けるのが嫌になったわけではない。ただ、西嶺父子と出会ったことで、人間の愛情をテーマにした絵本を描いてみたくなったのだ。

「箇条書きでもいいから、プロットみたいのがあると助かるんだけど？」

「じゃあ、ちょっとチャレンジしてみる」

俄然《がぜん》やる気が出てきた真琴は、マグカップを手に取りコーヒーを啜《すす》る。

「ところで、なんでそんなものがあるの？」

真琴の隣にある子供用の椅子を、田坂が指さしてきた。

散々、話をしたあとに訊ねてきたのは、どうしても気になってしかたがないからだろう。

真琴が独身であることを知っているのだから、無視できない彼女の気持ちはわかる。

「隣に引っ越してきた人の子供を夕方から預かってるんだ」

「えっ？」

「父子家庭で三歳の男の子を保育園に預けてお父さんは働きに出ているんだけど、仕事が忙しくて早く帰ってこれないから、息子さんと遊んだりご飯を食べたりしてる」

隠す必要もないと思って素直に話して聞かせたのだが、田坂はどんどん表情を険しくしていった。

「父子家庭って、離婚で？」

「そう」

「で、毎日、預かってるの？」

「そうだよ、保育園に迎えに行って、お父さんが帰ってくるのを一緒に待ってるんだ」

「それって、なんかいいように利用されてる気がするけど？」

思いがけない言葉を突きつけられ、真琴は啞然《あぜん》とする。

田坂は小学生の娘を持つ既婚者で、出産直前まで編集者として働き、出産後は半年で職場に復帰した。

生まれて間もない子供を預けて仕事をしてきた彼女は、子育ての大変さは身をもって知っているはずだ。

彼女ならきっと理解を示してくれると思っていたから、批判的な言い方をしてきたのは意外だった。

「僕が自分から言い出したことだし、子煩悩でいいお父さんなんだよ」

「だからって、お隣さんにほいほい子供を預けたりする？　子供が小さいのに離婚するなんて、ろくでもない男に決まってるわ」

言いたい放題の田坂に、さすがに真琴は腹が立った。

「よく知りもしないのに、そんなふうに言わないでほしいな」

きつく言い放って席を立ち、田坂の前にあるマグカップを取り上げる。

「打ち合わせもすんだし、そろそろ仕事、始めたいんだけど」

「人助けするのはいいことだけど、お人好《ひとよ》し過ぎると思うわよ？」

「好きでやってることだし、口を出さないでほしいな」

諭されてさらに腹が立った真琴は、流し台にマグカップを下ろして蛇口を目一杯捻った。

「じゃあ、勝手にしたら」

機嫌を損ねた田坂が、ガタンと音を立てて椅子から立ち上がる。

「そうさせてもらうよ」

水を出しっ放しにして振り返った真琴がそう言うと、彼女は床に置いていたバッグを取り上げて玄関に向かった。

「お邪魔しました」

憤慨した様子で玄関のドアを開けた彼女が、廊下に出て行く。

力任せに閉められたドアが、大きな音を立てた。

「なにもわかってないくせに、ひどい言い方をするなんて最低だな」

短く息を吐き出して水を止め、玄関に行って鍵をかける。

西嶺はいまでも感謝の言葉を欠かさない。毎晩、礼を言って労ってくれる。優しくて思いやりのある彼が、ろくでもない男であるわけがない。

「せっかくやる気が出たのに台無しだ」

テーブルから自分のカップを取り上げ、流し台に戻る。

料理台に置いてあるコーヒーメーカーのポットを取り上げ、カップに新たなコーヒーを満たしていく。

「ふーっ」

息を吹きかけて少し冷まし、ブラックのままコーヒーを啜る。

「今日の晩ご飯、どうしようかな……」

嫌な気分を吹き飛ばそうと、夕食の献立を考えていると、テーブルに出しておいたスマートフォンが鳴った。

マグカップを手にテーブルに戻り、スマートフォンを手に取る。画面には田坂の名前が表示されていた。

まだ言い足りないのだろうかと思いつつも、仕事相手である彼女からの電話を無視するわけにもいかず画面をタップする。

「はい、木佐貫です」

『田坂よ、さっきはごめんなさい、ちょっと言い過ぎたかもしれない……』

部屋を出てまだいくらも経《た》っていないうちに詫びられ、真琴は拍子抜けしてしまう。

『木佐貫さん、お人好しのところがあるから心配になっちゃったのよ』

「こっちこそ、ごめん……言い返したりして大人げなかったと思ってる」

冷静に考えてみれば、西嶺を知らない田坂の言い分も理解できる。

売り言葉に買い言葉でひどいことを言ってしまったと、今になって反省した。

『木佐貫さんが手助けしたいって思ったんだから、お隣さんはいい人なんだと思うし、子供と接するのもいいことだと思うの、でも、仕事に支障が出ないくらいのおつき合いにしたほうがいいんじゃないかしら？』

「そうだね、気をつけるよ」

『じゃあ、原稿を楽しみに待ってるから頑張って』

「わざわざ電話してくれてありがとう、じゃあ、また」

田坂との電話を終えた真琴は、笑いながら小さく息を吐き出してスマートフォンをテーブルに下ろす。

「変なことしてるって思ったんだろうな……」

壱太を預かることが日常になってしまっているが、傍《はた》から見ればそれは不自然な行為なのだといまさらながらに気づく。

「でも、放っておけないし……」

壱太の面倒を見ようと思ったのは、西嶺の大変さを目《ま》の当たりにしたからで、たんなる思いつきにすぎない。

けれど、そうした思いつきで始めた壱太の世話も、かれこれ一ヶ月近く続けている。

毎日の食事を絶賛されたり、家族同然だと言われることに喜びを覚えている。日々、成長していく壱太は我が子のように可愛く、なにより今は西嶺と過ごす短い時間を楽しく感じていた。

いつも時間を気にしている彼は、早めに話を切り上げて壱太を連れ帰ってしまう。彼らがいなくなったとたんに部屋は静まり返り、ひとり過ごしているとてつもない寂しさを覚える。

もっと一緒にいたい。いつまでもいてほしい。彼らと一緒に暮らせたらどんなに楽しいだろうかと、最近はそんなことを夜な夜な考えるようになっている。

「なんでだろう……」

西嶺の人柄に惹《ひ》かれ、手助けしたい思いから世話をし始めたはずなのに、こんなにまで入れ込んでしまった理由が自分でもわからない。

一緒に暮らしたいと思うのは、常軌を逸しているようにも感じる。女性ならまだしも、同じ男なのだから普通はそんなことを考えないだろう。

それならば、なぜ西嶺と離れがたくなってしまうのか。もっと一緒にいたいと思ってしまうはなぜなのか。

「亮司さんのことは好きだけど……」

西嶺に惹かれているのは間違いない。けれど、それを簡単に恋と言うことはできなかった。

なにしろ、どちらも男なのだ。苦い経験があるとはいえ、普通に女性に恋をした自分を思うと、同性に恋愛感情を抱《いだ》くとは考えられなかった。

「亮司さん、楽しくていい人だから……」

いつまでも壱太の世話を続けている理由が他に見当たらず、人柄に惚《ほ》れたのだと結論づけた真琴は、マグカップを手に奥の部屋に向かう。

「ラスト二枚、今日中に描き上げないと……」

依頼された挿絵の締め切りが迫っている。あれこれ悩んでいる暇などないのだ。

マグカップを机に下ろして椅子に座り、ペンを手に取って深く息を吐き出す。

薄い鉛筆の下絵をなぞり始めた真琴の顔は、すっかり仕事モードに切り替わっていた。

10

「うわっ！」

いきなりキッチンで鳴り響いた着信音に、ペン入れに没頭していた真琴は思わず声を上げて顔を起こした。

「向こうに置いてきちゃったのか……」

立ち上がってキッチンに行き、テーブルからスマートフォンを取り上げる。

「亮司さん？」

画面をタップした真琴は、スマートフォンを耳に当てつつ壁の時計に目を向ける。

三時前に電話をしてくるなど初めてのことで、少し不安を感じた。

「はい、真琴です」

『仕事中にごめん、今、保育園から連絡があって、壱太が熱を出したらしいんだ』

「えっ？　昨日の夜まで元気だったのに？」

『でも、今朝、ちょっと変な咳《せき》してたから風邪気味だったのかもしれない。七度五分あるっていうから、俺、これから迎えに行ってくる』

急いたように話す西嶺の声に混じり、走り抜けていく車の音が聞こえてきた。

彼はすでに会社を出ているに違いない。

「迎えって……今日中に終わらせる作業があるって言ってませんでしたか？」

真琴はさすがに呆れていた。

壱太が心配なのは理解できるが、仕事中の迎えであれば代わりに自分がする。

三十七度五分は高熱とは言い難いのに、なぜ自分を頼らず仕事を放り出して迎えに行こうとしているのか理解に苦しむ。

『壱太が熱を出したのに、仕事なんてしてられないよ』

「お迎えなら僕が行きますから、亮司さんはちゃんと仕事をしてください」

『いや、俺が迎えに行く、壱太のそばにいてやらないと不安なんだよ』

いつになく忙《せわ》しない喋《しゃべ》り方に、西嶺の動揺が感じられる。

なにかがおかしい。普段の彼からは想像ができないくらい、焦っている。いったい、なにが彼をそうさせているのだろう。

「仕事を放り出すなんて亮司さんらしくありませんよ、しっかりしてください！」

厳しい口調で叱りつけたのは、西嶺に冷静さを取り戻してほしかったからだ。

『真琴さん、俺……』

「保育園には僕が迎えに行きます。帰りに病院に寄って、そのあとは亮司さんが戻るまで僕が壱太君のそばにいますから、ちゃんと仕事をしてください、いいですね」

『わかった……』

「病院から戻ったら状況をお知らせします」

『ありがとう……真琴さん、壱太のことよろしく頼むよ』

西嶺がようやく落ち着きを取り戻し、真琴は胸を撫で下ろす。

「はい、任せてください」

きっぱりと言い切って電話を終え、スマートフォンを尻ポケットに入れながら部屋に戻っていく。

「どうしちゃったんだろう……熱を出したくらいで、あんなにオロオロするなんて……」

真琴はしきりに首を捻る。

西嶺にとって壱太はかけがえのない存在だ。生死を彷徨《さまよ》う状況なら、慌てふためくのも理解できる。だが、そうではないからなんとも解せなかった。

「確か小児科が保育園の近くにあったよな」

机の引き出しから取り出した財布の中を確認すると、千円札が数枚しか入っていない。

保険証がないから、診察料が高額になる可能性がある。

予備の金を入れている茶封筒から一万円札を二枚、取り出した真琴は、財布に入れながら急ぎ足で部屋を出て行く。

駆け足で保育園に壱太を迎えに行き、帰りに小児科に寄って薬を処方してもらって帰ってきた。

壱太は小児科で処方された薬をすぐ飲んだこともあって、今は真琴のベッドでぐっすりと眠っている。

「大事にならなくてよかった……」

西嶺にはすでに電話をして、経過をそのまま伝えた。

仕事を終えて戻るまできちんと看病すると約束した真琴は、床に座ってベッドに寄りかかり、寝顔を見て過ごしている。

保育園に駆けつけたとき、壱太は床に敷いた子供用の布団に寝かされていたが、真琴に気づくとすぐに起き上がり、あまり普段と変わらないように見えた。

保育士の話によると、熱が三十七度以上になった場合は、規則で保護者が迎えに来ることになっているらしい。

熱があるということで壱太は寝かされていたが、足元がふらついているわけでもなく、歩いて一緒に近くの小児科へ行った。

診断の結果は風邪による発熱で、扁桃腺《へんとうせん》も腫《は》れていないことから、熱が下がればすぐに元気になるとのことだ。

診察してもらった小児科は、高齢の男性医師がひとりでやっている小さな診療所で、保険証はあとで持ってきてくれればいいと言ってくれた。

本人はいたって元気で、パジャマに着替えさせたものの、まだ寝たくないと駄々を捏ねられた。

そこをどうにか宥《なだ》めて薬を飲ませ、ベッドに寝かせて絵本を読んでやっていたら、いつの間にか眠ってしまっていたのだ。

「もう六時かぁ……夕飯、どうしようかな」

壱太が寝てから三時間くらい経っている。

このぶんだとしばらく目を覚ましそうにない。とはいえ、いずれ起きるのだから、なにか用意しておく必要がある。

それに、西嶺は七時くらいには帰れそうだと言っていた。そろそろ準備を始めないと間に合わない。

「壱太君が食べやすいのはやっぱりお粥《かゆ》かなぁ……でも、あんまり栄養なさそうだし……そうか……」

ふと思い立ってスマートフォンを取り出し、ベッドに寄りかかって検索を始める。

子供が熱を出したときの対処を紹介したサイトに行き当たり、丹念に記事を読んでいく。

やはり定番は粥や柔らかく煮込んだうどんのようだったが、下にスクロールしていくと茶《ちゃ》碗蒸《わんむ》しが紹介されていた。

「茶碗蒸しなら材料もあるし、僕たちも一緒に食べられるな」

献立が決まった真琴は、静かに腰を上げてベッドを離れてキッチンに行く。

「具は鶏の挽肉《ひきにく》くらいか……」

冷凍庫から小分けして保存している鶏の挽肉を出し、野菜室から煮物にするつもりで買っておいたカボチャを取り出す。

皮を剝《む》いてよく煮込めば、カボチャもペースト状になって食べやすいはずだ。甘く煮たカボチャが好きな壱太も喜んでくれそうな気がした。

「あとはどうしよう……」

壱太の食事は茶碗蒸しとカボチャでいいが、西嶺にはいつもどおりボリュームのある料理を食べさせてあげたい。

とはいえ、買い物に出かけるわけにいかないから、あり合わせの材料でなにか考えなければならなかった。

「こういうときはカレーにかぎる」

あまり迷うことなくカレーに決めた真琴は、必要な材料を次々に取り出していく。

壱太の世話をするようになってからは、カレーやシチューのルウを切らしたことがなく、根菜類も買い置きするようになっている。

冷凍庫になにかしら肉が残っていれば、いつでもカレーを作ることができるのだ。

デザート用に昨日、買っておいたリンゴをすって食べさせれば、ビタミンの補給もできるだろう。

「今日はチキンカレーだな」

冷凍庫で見つけた鶏のもも肉を解凍するため、電子レンジに入れる。

タイマーをセットしたところで壱太が気になり、忍び足でベッドに歩み寄っていく。

「大丈夫そうだな」

そっと頬に触れてみたが、汗ばんでいなかった。

少し頬や耳が赤くなっているだけで、身体に汗をあまり掻《か》いていないのは、熱がさほど高くないからだろう。このぶんだと快復するのも早そうだ。

壱太の穏やかな寝顔を見て安心した真琴は、キッチンに戻って料理を再開する。

洗ったニンジンとジャガイモ、解凍した鶏肉を切って炒《いた》め、水を加えて沸騰するのを待つあいだに、米を研いで炊飯器にセットした。

鍋を載せているガスコンロの火を弱め、わたを除いたカボチャの皮を剝き始める。

カボチャを甘辛く煮ているあいだに、茶碗蒸しに使う卵をボウルに割り入れ、出汁《だし》で伸ばしていく。

「ただいま」

軽いノックの音に続いてドア越しに西嶺の声が聞こえてきた。

「えっ、もう？」

洗った手をタオルで拭きながら、真琴は壁の時計に目を向ける。

「仕事、終わったのかな……」

予定より早く帰ってきたことを心配しつつ玄関に向かい、西嶺を迎えるため鍵を開けた。

「壱太は？」

自らドアを開けて訊《き》いてきた西嶺は、ひどく不安そうな顔をしている。

「まだ寝てますよ」

小声で言って奥の部屋を振り返ると、彼は忙しなく靴を脱いで玄関を上がり、壱太のもとへと急いだ。

真琴は火にかけている鍋を確認して流し台を離れ、奥の部屋をそっと覗き込む。

ベッド脇で床に膝をついた西嶺が、眠っている壱太の小さな手を握り、髪を優しく撫でている。

我が子の穏やかな寝顔を見ても不安が消えないのか、いつまで経っても彼は壱太のそばを離れようとしない。

静かに歩み寄っていった真琴が並んで床に正座すると、彼は小さなため息をもらして胡座《あぐら》をかいたが、壱太の小さな手は握ったまま離さなかった。

「ありがとう、昼間は取り乱して悪かった」

真琴に視線を向けてきた西嶺が苦々しく笑う。

「仕事は片付いたんですか？」

「ああ、無事に終わったよ」

「よかった」

真琴が柔らかな笑みを浮かべると、彼はまたしてもため息をついた。

「壱太はさあ、前に高熱を出して生死の境を彷徨ったことがあるんだ。離婚してすぐのときで、俺はちょっとでも壱太が熱を出すと居ても立ってもいられなくなってしまうんだよ」

辛《つら》そうな顔で首を横に振り、壱太を愛《いと》おしげに見つめる。

電話をかけてきた西嶺がなぜあれほど慌てていたのか、ようやく理解できた。

我が子を失うかもしれないという恐怖を経験している彼は、そのときのことを思い出して怯《おび》えたのだろう。

きっちりと仕事を終えて帰ってきたようだが、働いているあいだに彼が味わったであろう不安を思うと胸が痛んだ。

と同時に、初めて目にした彼の弱さに、彼らを守りたいという気持ちが沸々と湧《わ》き上がってくる。

それは、胸の内で燻《くすぶ》っていた自分の思いに、真琴がようやく気づいた瞬間でもあった。

（亮司さんが好きなんだ……）

仕事に追われながらも、全身全霊をかけて壱太を愛する西嶺が、同じ男だからとかそんなことは関係なく、どうしようもないほど好きなのだ。

それは、なんとも不思議な感覚だった。過去のトラウマを長いあいだ引き摺《ず》り、女性とつき合うことに尻込みしてきた。

もう誰かを好きになることなどないかもしれないと思っていたのに、同性の西嶺に恋をしたのだから驚きは大きい。

けれど、この思いは紛れもない恋であり、否定のしようがない。彼を好きだからこそ、ほうっておくことができないのだ。

少しでも彼を安心させてあげたい。不安を取り除いてあげられるのであれば、どんなことでもする。

西嶺にはいつも明るくいてほしい。陽気で子煩悩な彼が好きだから、肩を落としている姿を見たくない。

湧き上がってくる思いは、すべて彼のためにある。けれど、それは西嶺に届けてはいけない思いであることを真琴は知っていた。

結婚して子供を作った西嶺はごく普通の男であり、同性から好きだと告白されても困るだけだ。

それればかりか、思いを知ったとたんに彼は離れていってしまうだろう。今の生活を壊したくない。

どれほど辛くても、自分が口を閉ざしたままにしていれば、これからも西嶺のそばにいることができる。

「大丈夫ですよ、亮司さんが壱太君のそばにいてあげられないときは、僕がずっとそばにいてあげますから」

思いを胸に秘めたままにこやかに言った真琴は、西嶺の脚にそっと手を置く。

「ありがとう」

壱太の手をそっと離した西嶺が、真琴の手を両手で包み込んでくる。

「本当にありがとう」

何度も礼を言ってくる彼を、真琴は黙って見つめた。

自分に向けられる優しい微笑みを、しっかりと目に焼き付ける。

叶わない恋なのだから、気がつかなければよかった。そんな思いがどこかにあるけれど、彼らのそばにいられなくなるほうがよほど辛い。

「ご飯の用意をしているところなので、できるまで亮司さんは壱太君のそばにいてあげててください」

「そうさせてもらうよ」

大きな掌《てのひら》に包まれた手をそっと引き、静かに立ち上がってベッドを離れ、キッチンに戻っていく。

「はぁ……」

西嶺の温《ぬく》もりがまだ残っている手を、キュッと握り締める。

彼と手を取り合うことなど、もう二度とないだろう。

残念だけれど、しかたのないこと。叶わぬ恋をした自分が悪いのだ。

「好きって気づいたとたんに失恋決定とか……」

悲しいことなのに、なぜか笑いが込み上げてきた真琴は、虚《むな》しい気分でリンゴをすり下ろし始めていた。

11

徹夜で仕事をする羽目になった西嶺に頼まれ、壱太を一晩、預かった真琴は、朝早くから保育園に行く準備を手伝っている。

「壱太君、鞄《かばん》にハンカチ入れたっけ？」

ハンカチを手にした真琴が声をかけると、いつもと同じ通園着姿の壱太がトコトコと歩み寄ってきた。

「いれたよー」

目の前で鞄をパカッと開けて見せてくる。

熱を出してから一週間、すっかり元気になっていた。

「そっか、さっき入れたんだっけ」

不要となったハンカチをテーブルに置き、改めて壱太の姿を眺め回す。

保育園に迎えに行くだけで、送って行ったことがない。

おかしな格好をしていないか、忘れ物がないかと、何度も何度も確かめている。

「まことしゃん、じかんないよー」

壱太に指摘されて壁の時計に目をやると、家を出る時間が過ぎていた。

寝坊をしたわけではない。目覚ましが鳴るより先に起き出して朝食の準備を始めた。寝起きがいいと聞かされていた壱太は時間どおりに目を覚まし、その時点では充分な余裕があったのだ。

それが、気がつけば遅刻しそうになっている。欲を出してデザートまで用意したことを後悔した。

「ホントだ、急がなきゃ」

あたふたと壱太を玄関に向かわせながら、真琴は穿《は》いているデニムパンツの両の尻ポケットを次々に触り、スマートフォンと財布が入っていることを確認する。

「運動靴、ちゃんと履いてね」

「はーい」

壱太が小さな身体を屈めて、運動靴を履いていく。

途中で鞄が邪魔になったのか、片手で押しやって背中に乗せた。

「履けた？」

「はけたー」

「一緒に出るからちょっと待って」

ドアノブに手をかけた壱太を制し、急いでスニーカーを履いて鍵を取る。

「はい、どうぞ」

ドアを開けてやると、先に出るよう促す。

外に出た真琴が鍵をかけていると、壱太が小首を傾《かし》げて見上げてきた。

「どうしたの？」

「まことしゃん、パパとけっこんしないのー？」

「結婚って……」

いきなりおかしなことを言い出した彼を、唖然と見返す。

「まことしゃん、ずーっとボクといっしょにいてくれるんでしょー？　なんでパパとけっこんしないのー？」

「結婚はね男の人と女の人がするものだから、僕もパパも男でしょう？　だから結婚できないんだよ」

「えーっ、そうなのー？　パパとけっこんして、まことしゃんがママになってくれたらうれしかったのにー」

壱太が残念そうに肩を落とす。

彼にとって自分は母親に近い存在なのだろうか。

そう思ってくれているなら嬉しいし、母親の代わりならいくらでもしてあげたい。でも、結婚となるとまた話は別だ。

結婚の意味がまだよくわかっていないとはいえ、子供は突拍子もないことを言い出すから困ってしまう。

「あっ、パパだー！」

廊下の向こうから歩いてくる西嶺に気づいた壱太が、嬉しそうな声を響かせたかと思うと一目散に駆け出した。

「おはようございます」

「おはよう」

昨日から顔を合わせてない真琴もまた、顔を綻ばせて歩み寄っていく。

西嶺は笑顔で返してきたけれど、その顔にはかなり疲れが見て取れた。

「すみません、遅刻しそうなので急いで送ってきます」

「ああ、いいよ、俺が送って行く」

「でも……」

徹夜明けで帰宅したのだから、西嶺はすぐにでもベッドに入りたいはずだ。

「すぐそこだし、たいして眠くないから」

そう言われてしまうと、強く返せない。

「パパもいっしょにいくのー？」

「パパも、ってなんだよ?」

不満そうに言い返しながらも、西嶺は嬉しそうだ。

「きょうはまことしゃんと、ほいくえんにいくからー」

西嶺の脚に纏《まと》わり付いていた壱太が真琴に駆け寄り、手を繋いできた。

「じゃ、三人で行くか」

「みんなでいくのー?」

西嶺のひと言に、壱太が嬉しそうに目を瞠って見上げてくる。

「そうしようね」

壱太が喜んでいるのだから、一緒に行くのもいいかもしれないと思い直す。

西嶺と手を繋いでいる壱太の手を取り、三人で並んで廊下を歩く。

すぐに壱太がスキップをし始めた。青い鞄を上下に揺らしながら跳ねる彼が、いつになく愛らしく見える。

廊下の突き当たりにある踊り場に着いたところで、真琴はいったん壱太の手を離す。

三人で並んで降りられるほど、階段の幅がないのだ。

手を繋ぎ合って階段を降りていく仲のいい父子の姿に目を細めつつ、真琴はあとについていった。

階段を降りきったところで再び壱太と手を繋ぎ、朝陽があたる住宅街の道を三人で並んで歩き始める。

「パパー」

「なんだ？」

大きな声で呼ばれた西嶺が、壱太に目を向けた。

「まことしゃんにパパとけっこんしてーっていったら、できないっていわれたー」

「壱太、そんなこと真琴さんに言ったらダメじゃないか」

厳しい口調で壱太を窘《たしな》めた西嶺が、どこか慌てているように感じられる。

幼い子供が意味もよくわからずに言ったことなど、笑ってすませればいいようなものなのに、どうして焦ったりしたのだろうか。

「ごめん、結婚とか馬鹿げたこと言われて気分悪くしなかった？」

「いきなりだったのでびっくりしましたけど、べつになんとも……」

笑って答えた真琴は、小さく首を横に振って見せる。

壱太の言ったことを真に受けたらどうしようかと、西嶺は心配しているのかもしれない。

子供のおかしな発言で、これまでのいい関係を台無しにしたくないといった思いが、彼の表情に見え隠れしている。

「よかった……」

安堵の笑みを浮かべた西嶺が前を向き、なにごともなかったように歩みを進めた。

（これでいいんだ……）

お互いに今の関係を維持したいと考えている。

西嶺に対する特別な感情を悟られなければ、ずっと世話焼きのお隣さんでいられるのだ。

真琴はそう自らに言い聞かせながら、仲よく三人で保育園を目指していた。

12

「亮司さん、昨夜からなにも食べていないんでしょう？　朝食の用意ならすぐにできますから食べて行きませんか？」

壱太を保育園に送り届けてマンションに戻ってきた真琴はふと思い立ち、並んで廊下を歩く西嶺を誘っていた。

「いいの？」

「トーストと目玉焼きでよければ」

部屋の前で足を止めた真琴が鍵を開けながら答えると、少し迷った顔をしていた彼がフッと目を細める。

「じゃあ、お言葉に甘えて」

「どうぞ」

ドアを開けて入るよう促すと、彼は軽くうなずいて玄関を上がった。

鍵を閉めた真琴はスニーカーを脱ぐなり冷蔵庫に向かい、朝食の準備を始める。

「ビール飲んでいいかな？」

「どうぞ」

西嶺は仕事を終えてきたばかりなのだから、朝からビールを飲むなんて、などと野暮なことは言わない。

脱いだ上着を椅子の背にかけ、冷蔵庫から缶ビールを取り出した彼が、タブを開けながらテーブルに戻って行く。

ゴクゴクと喉《のど》を鳴らしてビールを飲む音が、やけに大きく聞こえる。

そういえば、西嶺と二人きりになるのは初めてだ。そう思ったとたん、鼓動が速くなってきた。

（なんか話してくれないかな……）

いつもお喋りな彼が黙っているから、よけいに気まずい感じがしてくる。

そういえば、保育園からの帰り道も、彼は言葉が少なかった。

会社でなにかあったのだろうか。それとも、疲れていて話をする気力もないのだろうか。

無理やり食事に誘ったことを、今になって後悔した。

けれど、もう誘ってしまったのだからしかたない。早くベッドに入れるように、朝食の準備を急いだほうがよさそうだ。

「えーっと、パンは一枚でいいですか？」

食パンの袋を手に振り返った真琴は、西嶺が真後ろにいることに気づいてギョッとする。

「真琴さん……」

いきなり両手で抱きしめられ、あまりの驚きに食パンが手から滑り落ちた。

「ど……どうしたんですか？」

どうにか平静を装ったけれど、心臓がバクバクと脈打っている。

息苦しくて、どうにかなってしまいそうだ。

「真琴さんがいてくれて本当によかった……俺、抱きしめたいくらい感謝してるんだ」

「あの……もう抱きしめてますけど？」

小声で指摘すると、西嶺がパッと飛び退《の》いた。

急にどうしたのだろうか。見つめてくる彼の視線は熱いのに、その表情はやけに硬い。

言いたいことがあるけれど、言うべきか迷っているようでもある。

いっときも逸《そ》れることのない熱い眼差しに、鼓動が痛いほど激しくなっていく。

黙っていないで、なにか言ってほしい。このまま沈黙が続いたら、おかしなことを口走ってしまいそうだ。

「あっそうだ……」

ふと思い出した振りをして、真琴は奥の部屋に逃げ込む。

「真琴さん」

すぐに西嶺が追ってきた。

なにかすることがあったわけではないから、意味もなく机の上に出ている何冊ものスケッチブックを揃えていく。

「俺、真琴さんが好きだ」

背中越しの告白に、真琴は息が止まりそうになった。

まさか、そんな馬鹿なことがあるわけがない。これはきっと幻聴だ。

「俺は普通に女を好きになって結婚したから、男を好きになるなんて思ってもいなかった」

西嶺の気配が近づいてくる。

積み重ねたスケッチブックに置いた手が震えてきた。

「それがさ、自分でもびっくりしたけど、マジで真琴さんに惚れちゃったみたいなんだ。このところ真琴さんのことばっかり考えてて……でも、男から好きとか言われたら、真琴さんは絶対に引いちゃうだろうから、言わないでおこうって……そうすればずっと一緒にいられるから」

後ろから腕を摑まれ、一瞬にして身体が硬直する。

「だけど、もう黙ってられない……俺は面倒見がよくて、優しくて、料理が上手で、壱太を可愛がってくれる真琴さんが好きなんだ」

「なっ……」

腕を摑んでいる西嶺に力任せに振り向かされ、息を呑《の》んで彼を見上げた。

真っ直ぐに見つめてくる瞳《ひとみ》が灼《や》けるように熱く、全身が火照ってくる。

（どうして……）

こんなことがあっていいのだろうか。にわかに戸惑う。結婚をして子供を作った彼が同性を好きになるなんて、そう簡単には信じられなかった。

本当ならば、これほど嬉しいことはない。信じていいのだろうか。できることなら信じたい。それなのに、信じるのが怖くて疑ってしまう。

「こんなこと言ったらまた怒るだろうけど、俺、真琴さんの可愛い顔、好みなんだ」

悪戯《いたずら》っぽく笑った彼が、言い返そうとした真琴の口を唇で塞《ふさ》いできた。

「んっ……」

唇を奪われ、背中が反り返るほどきつく抱きしめられ、真琴は激しく動揺する。

本気でなければ、キスなどしてくるはずがない。

絶対に叶わないと信じて疑わなかった恋が、こんなにも簡単に成就していいのだろうか。

嬉しいのだけれど、怖さも感じている。

「ふっ……んん」

深く唇を重ねてきた彼に、搦《から》め捕《と》られた舌をきつく吸い上げられた。

鳩尾《みぞおち》の奥がズクンと疼《うず》くほどの熱烈なキスに、怖さが吹き飛ばされる。

唇を甘噛みされ、幾度も舌を吸われ、口内をくまなく舐《な》め回され、強張りが解けた身体が頽《くずお》れそうになった。

「んっ……」

なにかに摑まらなければと無意識に後ろに回した真琴の手が、積み上げたスケッチブックにぶつかって山が崩れる。

床に落ちていくスケッチブックが立てる派手な音に我に返ったのか、西嶺が唐突に顔を遠ざけた。

「ごめん……」

いきなりのキスを詫びた彼が、床に散らばったスケッチブックに視線を向ける。

肩を上下させながらも、彼の視線を追った真琴は、開いたスケッチブックを目にしておおいに慌てた。

「真琴さんが描いたの?」

屈んでスケッチブックを拾い上げた西嶺が、パラパラと捲《めく》っていく。

「これって……」

ひととおりスケッチを眺めた彼が、不思議そうに首を傾げて真琴を見つめてくる。

彼が手にしているのは、最近になって使い始めたスケッチブックだ。

もちろん、どのページにも西嶺と壱太の仲睦まじい姿が描かれている。けれど、そこには本来、彼らと一緒にいるはずのない人物が描き加えてあった。

西嶺、壱太、真琴の三人が川の字で寝ている様子、三人で仲よくテレビを見ている様子など、こうありたいという願いを込め、想像で描いたものばかりだ。

彼らの家族になりたいけれど、それは叶わない夢とわかっていたから、描くことで我慢してきた。

「凄《すご》くいい絵ばかりだね、まるで家族みたいだ」

まるで気持ちを察したかのような彼の言葉に、大きく心が揺れ動く。

本当に彼が自分を好きでいてくれるのならば、気持ちを打ち明けるべきだろう。

ひと言、口にするだけでいいのだ。そうすれば、募らせてきた恋心を彼に伝えることができる。

「真琴さん？」

黙り込んでしまった真琴に、西嶺が熱い眼差しを向けてきた。

自分だけを見つめてくる瞳には、嘘も偽りも感じられない。自分に対する彼の思いは確かなものだと、その真摯《しんし》な瞳を見ればわかる。

好きだと言ってしまいたい。ともに喜びを分かち合いたい。けれど、正直な思いを言葉にして伝えるにはとても勇気がいる。

（亮司さんだって同じだったはず……）

西嶺は勇気を出して告白してくれた。答えを待つ彼にきちんと答えなければいけない。

彼を好きな気持ちは揺るがないものなのだから、いつまでも迷っている場合ではないと真琴は覚悟を決めた。

「あの……」

言い淀《よど》んだ真琴は、頬を染めて西嶺を見つめる。

素直な気持ちを伝えることが、こんなにも難しいとは思ってもいなかった。

それでもきちんと告白しなければと、自らを奮い立たせる。

「あっ、あの……僕は……亮司さんが好きです」

そう言うのが精一杯だった。

もっと伝えたい言葉があるのに、「好きです」と言ったとたんに、頭の中が真っ白になってしまったのだ。

「真琴さん……」

感極まった声をもらした西嶺が、両の手できつく抱きしめてくる。

「俺でいいの？　俺と一緒に壱太を育ててくれるの？」

思いの丈を込めた抱擁に胸を弾ませながらも、真琴は腕の中で何度もうなずき返した。

「ありがとう、嬉しいよ真琴さん」

喜びの声をあげた彼が、抱きしめる腕を解《ほど》いて真琴の頬を挟み取ってくる。

愛しげに見つめてくる彼の瞳を、おずおずと見つめ返す。

思いが同じだとわかった喜びはひとしおだ。これほどまでの喜びを感じたことが、かつてあっただろうか。あまりの嬉しさに涙が込み上げてくる。

「俺、殴られる覚悟してたから、嬉しくてたまらない」

破顔した彼にいつまでも見つめられ、にわかに羞恥《しゅうち》を覚えた真琴は頬を捕らえている西嶺の手からそっと逃れた。

「さあ、徹夜明けなんですから、早くご飯を食べて寝てください」

「朝飯なんかより真琴さんがいい」

「えっ？」

なにを言ってるのだろうかと思う間もなく、西嶺に腕を引っ張られてベッドに押し倒されてしまった。

「亮司さん？」

「俺、真琴さんとしたい」

彼は無邪気な子供のように瞳を輝かせている。

互いにもういい大人だ。好き合った仲なのだから、すぐに身体の関係になってもおかしくないし、彼から求められるのは正直、嬉しい。

とはいえ、男同士のセックスは初めてだから、戸惑いや恐怖がないといえば嘘になる。

「亮司さん……あの……」

「男としたことある？」

真顔で訊かれ、とんでもないと首を横に振った。

「俺もないから手探りだけど、たぶんどうにかなると思う」

すっかりその気になっている彼には、なにを言っても無駄のようだ。

いまさら抵抗するのも大人げないように感じられ、諦めの境地で彼を見つめる。

「真琴さん、大好きだ」

満面の笑みで言った彼が、唇を重ねてきた。

「んっ」

素直に唇を受け止めた真琴は、蕩《とろ》けるほどに甘いキスにすぐさま夢中になる。

手を触れ合わせることすら二度とないだろうと思っていた西嶺と、唇を重ね合っているのだから喜びしか湧き上がってこない。

好きになってしまえば、性別など関係ないのだと実感する。彼とキスを交わすほどに、気持ちが昂揚《こうよう》していくのをはっきりと感じた。

「ふ……っ」

息継ぎを惜しむかのような執拗《しつよう》なキスに、息苦しさを覚える。

頭が朦朧《もうろう》として、なにも考えられなくなってきた。

無意識に彼の背を抱きしめていた腕から力が抜け、ベッドに滑り落ちる。

「はぁ……」

長いキスから解放されたのも束の間、真琴が穿いているデニムパンツに西嶺の手が伸びてきた。

「あっ……」

布越しに腿《もも》を撫でられ、ゾクリとした感覚に身を震わせる。

「やっ」

腿を撫で上げてきた手に股間《こかん》を取られ、ただならない羞恥を覚えた真琴は、思わず彼の腕を摑んだ。

「そんな可愛い反応されたら、よけいに止められなくなる」

楽しげに笑った彼が、デニムパンツの前を瞬《また》く間に寛《くつろ》げ、下着の中に手を入れてきた。

大きな掌で直に己を包み込まれ、驚きに目を瞠ったまま硬直する。

西嶺の躊躇《ためら》いの欠片《かけら》もない動きに、真琴は慌てまくった。

「亮司さん、ちょっ……」

好き合っているのだからセックスは当然だといった思いよりも、羞恥が完全に上回り、彼の手から逃れたい一心で寝返りを打つ。

けれど、その程度の抵抗など、彼はものともしない。背中越しに抱きしめてきたかと思うと、再び下着の中に手を忍ばせてきた。

「はぅ……」

己を鷲掴《わしづか》みにされ、思わず逃げ腰になる。

その拍子に尻が彼の股間にあたり、ビクッと肩を震わせた。

スラックス越しに硬さと熱が伝わってくる。すでに彼自身は、かなりの興奮状態にあるようだ。

同性である自分に対して、こんなにも早く身体が反応しているのは、本気で欲情しているからに他ならない。

それほど彼は自分のことを好きでいてくれるのだ。身体を繋げ合い、ひとつになりたいと思ってくれているのだ。

（亮司さん……）

真琴の胸の内に、かつてない喜びが込み上げてきた。

「あ……んっ」

急に己を捕らえている手で優しく揉《も》みしだかれ、そこから駆け抜けていった甘酸っぱい痺れに身体が震える。

「俺にこうされるの気持ち悪い？」

耳をかすめた心配そうな声に、そんなことはないと小さく首を振った。

彼を好きな気持ちはいまも変わりない。だから、正直な気持ちを言葉にして伝えたのだ。ならば、いつまでも羞恥に囚《とら》われていてはいけない気がした。

「亮司さん……」

自らを奮い立たせて向き直り、両の手を彼の首に絡める。

「あなたが好きです……」

思いの丈を込めて彼にキスをした。

西嶺が嬉しそうに唇を貪《むさぼ》ってくる。

「ふ……んっ」

唇を重ねたまま仰向《あおむ》けにされ、下着ごとデニムパンツを脱がされた。

下肢を晒《さら》された瞬間、恥ずかしくて逃げ出したくなった真琴は、触れ合わせている唇に意識を逸らす。

「んっ」

シャツの裾《すそ》から手を滑り込ませてきた西嶺が、なだらかな胸を優しく撫で回してくる。

くまなく肌をなぞっていく手の感覚に全身が細波立《さざなみだ》ち、あちらこちらが火照り始めた。

「全部、見せて」

不意にキスを止めて身体を起こした彼が、下半身が露《あら》わになった真琴の腰を跨《また》いでくる。

観念したつもりだったが、やはり恥ずかしくて彼をまともに見ることができない。

顔を逸らして目を閉じていると、彼は真琴が着ているシャツのボタンを外し始めた。

薄い布越しに感じる彼の手に、火照り始めていた身体がますます熱くなっていく。

「綺麗《きれい》な肌だね」

シャツの前を全開にした彼が小さくつぶやき、真琴の胸に両の掌を乗せてくる。

「んふっ……」

指先で摘まれ両の乳首を刺激され、痛みとも痺れともつかない感覚に身を捩《よじ》った。

「ここ、感じるんだ」

真琴の反応に気をよくしたのか、西嶺が指先で乳首を弄《もてあそ》び始める。

弾《はじ》かれたり、擦られたりするたびに、そこからじんわりと痺れが広がっていった。

胸全体を満たしていく感覚は不快なものではなく、うっとりするほどに気持ちがよく、身体から力が抜けていく。

「ちょっと待ってね」

急にどうしたのだろうかと薄目を開けると、彼が自らシャツのボタンを外していた。

自分はもう全裸同様だ。西嶺も裸になってくれたほうが、羞恥を覚えなくてすむかもしれない。

そんなことを思いつつ、なんの気なしに目を向けている真琴の前で、彼が腰を浮かしてスラックスと一緒に下着を下ろしていった。

すっかり勃ち上がっている彼自身を見て、顔を背けるどころか目を瞠ってしまう。

自分より体格のいい西嶺の持ち物が立派であろうことは、真琴にも容易に想像ができた。

けれど、現実に目の当たりにしたそれは、想像を遥《はる》かに超える大きさで、思わず目が釘付けになる。

「そんなふうに見られたら照れるよ」

視線に気づいた西嶺が、笑いながら身体を重ねてきた。

互いのものが触れ合う妙な感覚に思わず腰をずらすと、逃げるなとばかりに追いかけてきた彼が自身を押しつけてくる。

「シャツ、邪魔だから脱ごうか」

背に手を回してきた彼に、羽織っているだけのシャツを脱がされてしまう。

これで二人とも一糸纏わぬ姿になった。

全裸で男性と抱き合っている自分が、いまだに信じられないでいる。

二度と女性と恋愛をすることはないだろうと思っていたけれど、まさかこの年齢になって同性に恋してしまうとは我ながら驚きだ。

「なに考えてるの？」

片肘《かたひじ》をベッドについて上体を起こした西嶺が、真琴の顔を覗き込んでくる。

「いっ……いえ、べつに……」

「俺とこんなことになって後悔してるとか？」

またしても不安にさせてしまった。

二人の世界に浸らなければいけないときに、物思いに耽った自分を恥じる。

「そんなことありません、ただ初めてなので戸惑っているだけです」

西嶺を安心させるよう微笑み、端整な顔を見つめた。

これまで、こんなにも近くから彼の顔を見たことがあっただろうか。

スケッチをしているときも、なんて整った顔立ちをしているのだろうと感じたが、間近で見るとそのバランスのよさに驚く。

男らしさを引き立てる形のいい眉、濃い睫《まつげ》が縁取るくっきりとした二重《ふたえ》瞼《まぶた》、鼻梁《びりょう》がまっすぐで高い鼻、ほどよい厚みの唇、すっきりしたあごに、改めて目を奪われる。

「ほら、またなんか考えてる」

「あっ……すみません、つい亮司さんに見惚《みと》れてしまって……」

「なんだ、それなら許す」

フッと目を細めた西嶺の笑顔に誘われ、真琴も柔らかに微笑む。

ベッドに入っても、彼は普段となにひとつ変わらない。

そんな彼を見ていると、羞恥や緊張が薄れていく。

ムードたっぷりに迫られるより、よほど楽な気持ちでいられそうだった。

「続けるよ」

そう言うなり、腰を揺すってくる。

触れ合っている己が彼自身に擦《こす》れ、下腹の奥がズクンと疼いた。

「あふっ……んん……」

「いい声」

そんなことを口にした彼が、軽く浮かせた腰を小刻みに動かしてくる。

熱の塊で幾度となく擦られた己が、にわかに熱を帯びてきた。

それに気づいた彼が、互いのものを纏めて握り取ってくる。

そのまま手を上下に動かされ、瞬く間に勃ち上がった己からたまらない快感が弾けた。

「あっ……んんっ、ふ……」

勝手に甘い声が零《こぼ》れ落ちる。

自慰よりも数倍、気持ちがいい。

西嶺の背を抱きしめて目を閉じ、絶え間なく快感が湧き上がってくる己に意識を集める。

「ちゃんと反応してくれて嬉しいな」

西嶺の上擦った声が耳をかすめていった。

勝手にその気になってベッドに連れ込んだものの、真琴が萎《な》えたままだったらどうしようといった心配をしていたのかもしれない。

素直に口にしてしまう西嶺がやけに可愛く感じられ、もっと喜ばせたくなった真琴は自ら腰を揺らす。

「おねだり上手とは知らなかった」

彼は楽しげに言ったかと思うと、張り詰めた真琴自身の先端部分を、指の腹でクルクルと撫で回してきた。

丹念な愛撫《あいぶ》を施され、先端が溢れてきた蜜《みつ》に濡れていく。そこをさらに擦られ、溢れ出した強烈な快感に腰がガクガクと震える。

「ひっ、ん……ああっ、あ、あぁ……うぅん……」

「すごい濡れてきたよ」

面白がったように、彼が同じ場所をこれでもかと攻め立ててきた。

「やっ……ん、んーんっ」

ただでさえ敏感な先端部分を、蜜に濡れた指で撫で回され、腰の震えが止まらなくなる。

己が痛いほどに硬く張り詰め、覚えのある感覚が下腹の奥から迫《せ》り上がってきた。

「あっ……亮司さ……ん」

早くも射精感に苛《さいな》まれ始めた真琴は、切羽詰まった声をあげて西嶺にしがみつく。

「もうイッちゃいそうなの？」

耳元で訊ねてきた彼の声には、少し呆れたような響きがあった。

これほど早く昇り詰めてしまいそうになったのが、彼は信じられないようだ。

「はい……」

真琴は恥を忍んでうなずき返した。

情けないことは重々、承知している。けれど、自慰すら滅多にしない身体には、彼の愛撫が刺激的すぎたのだ。

「実は俺もあんまり保ちそうにないんだ」

頬を染めている真琴を真顔で見つめてきた西嶺が、互いのものを握っている手を離し、寝返りを打って横向きになる。

「なっ……」

いきなり膝裏を摑んできた彼に、グイッと膝を持ち上げられ、真琴は驚きの顔で見返す。

「初めてだから、真琴さんのここを慣らさないとね」

そう言った西嶺が、尻のあいだに手を滑り込ませてきた。

「ひっ」

自分でも触れたことがない場所を指先で撫で回され、一瞬にして身体が硬直する。

そこで西嶺を受け入れることは理解しているし、身体を繋げることに後悔などないのに、いまさらながらに羞恥と恐怖が舞い戻ってきた。

「ホントはクリームとか使ったほうがいいんだろうけど……」

しかたなしと笑った彼が、自分の指先にたっぷりの唾液《だえき》を垂らし、改めて真琴の秘孔に触れてくる。

「んっ……」

真琴は思わず息を詰め、顔をしかめた。

もう後には引けないのだから我慢しなくてはと思うのだが、唾液に濡れた指先で秘孔を撫でられるのはなんとも気持ちが悪い。

「挿れるから力を抜いてて」

「えっ？」

彼は心構えをする余裕すら与えてくれず、いきなり指先を挿れてきた。

「ひっ」

堪《こら》えがたい異物感に、またしても顔をしかめる。

けれど、彼は気づいていないのか、指先を抜き差しし始めた。

痛みはさほど感じられなかったものの、柔襞《やわひだ》を擦られるのは気持ちがいいものではなく、力を抜くどころではなくなる。

「もうちょっと挿れるよ」

西嶺が指を押し進めてきた。

窮屈な感覚に、息苦しくなってくる。

「けっこう、きついな」

同性を初めて相手にする西嶺にとって、この行為は手探りの状態なのだろう。

指を抜き差ししたり、奥を探ったりしてくるのがもどかしい。

指を挿れられただけでこんなにも窮屈なのだから、いくら時間をかけて秘孔を慣らしたところで、西嶺自身で貫かれたら壮絶な痛みを味わうに決まっている。

どうせ痛い思いをするのなら、さっさと先に進んでもらったほうがいい気がしてきた。

「亮司さん、もう大丈夫だから……」

「えっ？　いくらなんでもまだ無理だと思うよ」

手を止めた西嶺が、驚きに目を瞠る。

「でも、指でされると気持ち悪いし、早く亮司さんと一緒になりたいから……」

身体を繋げるのが最終的な目的であり、一刻も早くそこに辿《たど》り着きたかった。

「今すぐ挿れたいのを必死で我慢してるのに、そんなこと言われたら歯止めが利かなくなっちゃうよ？」

「遠慮するなんて亮司さんらしくないですよ」

真琴は大丈夫だからと笑ってみせる。

それでも迷いがあるのか、西嶺が黙って見つめてきた。

彼はいつだって気遣いを忘れない。だから、すぐ行動に移せないでいるのだ。

相手を思いやる西嶺の優しさに惹かれた。でも、今は強引になってほしい。

「わかった」

思いを察してくれたかのように短く答えた彼が、身体を起こして真琴の脚を担ぐ。

「煽《あお》ったのは真琴さんなんだから、あとで俺を責めないでよ」

冗談めかしてきた彼が、すぐさま秘孔に怒張の先を突きつけてくる。

「んっ」

指とは比べものにならない強い圧迫感に、全身が強張った。

「いいの？」

この期《ご》に及んで確認してきた彼に、真琴は真っ直ぐに見上げてうなずき返す。

小さく笑った彼に勢いよく貫かれ、衝撃的な痛みが脳天に向かって駆け抜ける。

堪えがたい痛みに絶叫しそうになり、咄嗟《とっさ》に両手で口を塞いだ。

「んんっ」

一気に汗が噴き出し、涙が溢れてくる。

この痛みは例えようがない。ただただ痛くてしかたない。

必死に両手で口を押さえていても、抑えようのない呻《うめ》きが指のあいだからもれてきた。

「真琴さん、大丈夫？」

西嶺が心配そうな顔で見下ろしてくる。

ここで根を上げたりしたら、きっと彼は途中で断念してしまう。

いちからやり直す勇気などない真琴は、懸命に痛みを堪えて大丈夫と笑ってみせる。

「続けてください」

促されて納得したのか、西嶺がゆっくりと腰を使い始めた。

細い身体が大きく揺さぶられる。痛みが炸裂《さくれつ》する柔襞を擦られ、涙が止め処《ど》なく溢れた。

「ううっ……」

快感とはほど遠い。

せめてもの救いは、抽挿を繰り返す西嶺の顔に、ただならない昂揚感が見て取れることくらいだ。

彼が快感を得られているならそれでいい。それに、いずれ彼と同じ悦《よろこ》びを味わえるかもしれない。そんなことを思いながら、痛みを紛らわす。

「真琴さんも気持ちよくしてあげる」

強烈な痛みにすっかり萎えてしまった真琴自身を、西嶺が握り取ってきた。

やわやわと揉みしだかれ、手早く扱《しご》かれ、先端を撫で回され、次第に己が力を取り戻していく。

「ん……ふっ」

股間に広がっていく快感に、呻き声に変わって喘《あえ》ぎがこぼれ始める。

すっかり硬さを取り戻した己から、新たな蜜が溢れてきた。蜜に濡れた先端を指の腹で撫で回され、怒張を穿《うが》たれた秘孔の痛みを忘れていく。

「ふっ……ふっ、んんっ」

いつしかベッドに落とした手で、必死に上掛けを掻きむしる。

早くも射精感が舞い戻ってきたのだ。

「真琴さん、気持ちよすぎて俺、もう限界……」

大きく息を吐き出した西嶺が、唐突に抽挿を速めてきた。

真琴自身を弄んでいた手の動きも一気に速まる。

予期せぬ強い刺激に、真琴は呆気《あっけ》なく昇り詰めていく。

「あっ、あっ、あぅ……」

腰を突き出すと同時に、硬く張り詰めた先端から精が迸《ほとばし》る。

「真琴さん、ダメ……きつっ……」

達した真琴に自身を締めつけられた西嶺が、最奥《さいおう》を突き上げてきた。

「くっ……ううっ」

短く呻いた彼が、そのまま制止する。

吐精の心地よさに浸っていた真琴は、己の内に放たれた精をはっきりと感じた。

「亮司さん……」

ともに射精を終えた今になって、ようやくひとつになれた悦びが湧き上がってくる。

「はぁ……」

深い吐息をもらした西嶺が、そっと繋がりを解いて身体を重ねてきた。

柔襞を擦られる痛みに顔をしかめたけれど、感無量の思いがある真琴は両手で彼を抱きしめる。

「真琴さん……」

西嶺は疲れ切った顔をしていたが、嬉しそうに笑って真琴の肩に額を預けてきた。

徹夜明けの彼は、一睡《いっすい》もしていない。そんな状態でセックスをしたのだから、精も根も尽き果てているはずだ。

案の定、いくらもせずに寝息が聞こえてきた。腹が減っているのに大丈夫だろうかと、少し心配になる。

「起こすのは可哀想かな……」

そっと片腕に彼の頭を抱き込み、目覚まし時計に目を向けた。

まだ十時にもなっていない。一日は始まったばかりなのだ。

このまま彼の隣で過ごしたいところだが、イラストの締め切りを抱えているからのんびりもしていられない。

「三十分だけ……」

すぐに離れがたい思いがあってベッドを抜け出せない真琴は、深い眠りに落ちてしまった西嶺に頬を寄せ、ひとつになれた余韻に浸っていた。

13

　壱太を迎えに行く時間になっても、西嶺はいっこうに目を覚ます気配がなく、真琴は彼を寝かせたままマンションを出て保育園に向かっている。

　仕事の合間に昼食の用意をしたりと、それなりに音を立てることもあったのだが、まさに死んだように眠っている彼は一度たりとも目を覚まさなかった。

　このぶんだと、夕食をたっぷり用意する必要がありそうだ。今夜は豚の生姜焼《しょうがや》きにする予定でいたが、もう一品くらい加えたほうがいいかもしれない。

　そんなことを考えながら歩いているうちに保育園に到着し、真琴はガラス越しに中を覗き込む。

「いたいた……」

　壱太が、他の園児たちと元気よく遊んでいる。

　明るい笑顔を見るだけで心が和む。

「こんにちは」

ドアを開けて声をかけると、すぐさま壱太が走ってきた。

「まことしゃーん」

「帰る支度をしようね」

スニーカーを脱いで上がろうとした瞬間、腰に激痛が走る。

とりあえず鎮痛剤でどうにかなるだろうと思ったのは甘い考えで、西嶺との初体験でダメージを負った身体が、ときおり衝撃的な痛みを発するのだ。

「どうしたのー?」

壱太がきょとんと見上げてくる。

「ずっと座ってお仕事をしてたから、腰が痛くなっちゃったんだ」

理由を説明できるわけもなく、しかたなく嘘をついて誤魔化《ごまか》した。

「だいじょーぶー?」

「大丈夫、大丈夫」

心配させてはいけないと明るく振る舞い、壱太と一緒に帰り支度を整えていく。

合間に保育士から今日の様子を聞いたが、これといった問題もなかったようで、すぐに帰ることができた。

「さよーならー」

「失礼します」

保育士に挨拶《あいさつ》をして保育園を出た真琴は、壱太と手を繋いでマンションに向かう。

「パパはなにしてるのー？」

繋いでいる手をブンブンと振りながら歩いている壱太が、大きな瞳で見上げてくる。

「僕のおウチで寝てるよ」

「どうしてまことしゃんのおウチでねてるのー？」

壱太から素朴な疑問を投げかけられ、正当な理由が必要なのだと気づいた真琴はにわかに慌てた。

「パパは昨日からご飯も食べないでお仕事をしたから、朝ご飯を作ってあげてたんだけど、待てなくて寝ちゃったんだよ」

「パパ、たいへんなんだねー」

「壱太君のために頑張ってお仕事をしてるからね」

笑顔でそう答えたものの、疚《やま》しさを覚えた真琴は神妙な面持ちで前方を見つめる。

西嶺は自分との関係を、父親として壱太にどう説明するつもりでいるのだろうか。

まだ幼い壱太に話して聞かせたところで、理解できるとは思えない。

ありのままを伝えるよりは、これまでどおり世話焼きのお隣さんを演じていたほうがいいような気がする。

けれど、隠しておくのは嘘をついているも同じであり、それはそれで心が痛む。

壱太は西嶺の子であり、どうするかは彼次第だ。とはいえ、なかなか二人きりになる機会がないから、すぐに相談することもできない。

恋が成就した喜びに浸りたいところだが、そうもできない真琴はどうしたものかと考えあぐねていた。

「きょうのばんごはんはなーにー?」

「今夜は壱太君の大好きな豚の生姜焼きだよ」

「わーい」

壱太が無邪気に喜ぶ。

両親の離婚によってすでに幼い心は傷ついている。もう二度と、可愛い彼が傷つくようなことがあってはならない。

西嶺との関係は声を大にして言えるようなものではないからこそ、壱太のために慎重にならなければと感じている。

「まことしゃんちのカギ、かしてー」

マンションに着いたところで、いきなり壱太が小さな手を出してきた。

どうやら一刻も早く大好きな父親に会いたいようだ。

「はい」

デニムパンツの脇ポケットから取り出した鍵を渡すと、壱太はそれを握り締めて階段を駆け上がっていった。

慌てるあまり転ぶのではないかと気がかりで、急いであとを追いかけていったが、ただの杞憂に終わる。

軽快に階段を駆け上がった壱太は、そのままの勢いで廊下を走り、真琴の部屋の前で足を止め、手にした鍵を穴に差し込む。

日に日に成長していく彼は、ドアの鍵を開けて部屋に出入りするなど、とうにお手の物になっていた。

とはいえ、鍵を抜くことまでには頭が回らないのか、穴に差し込んだままになっている。

真琴は差しっぱなしの鍵を抜いて玄関に入り、静かにドアを閉めた。

「パパー、まだねてるのー」

玄関で慌ただしく運動靴を脱いだ壱太が、奥の部屋に駆け込んでいく。

さすがにもう起きてもいい時刻だと思う真琴は、壱太を止めることなくあとを追う。

「パーパ、おきてー、ねー、おきてよー」

部屋に入っていくと、青い鞄を床に放り出した壱太が、ベッドに勢いよくダイブした。

小さな子とはいえ、壱太は十五キロある。全体重をかけて乗られたら、その衝撃はかなり大きいはずだ。

「うわっ」

ぐっすり眠っていた西嶺が跳ね起き、壱太が掛け布団の上でコロンと転がる。

裸の彼を見て、真琴は焦った。

自分のベッドならいざ知らず、真琴のベッドで寝ているのに裸でいるのは不自然すぎる。

「壱太……びっくりするじゃないか」

ため息交じりに言った彼は己の姿を気に留めることなく、仰向けになっている壱太を抱き上げ、向かい合わせに座らせた。

「めーさめたー？」

ニコニコしている壱太は、裸の父親を見てもなにも言わない。

西嶺はいつも裸で寝ているのだろうか。

「壱太のおかげで目が覚めたよ」

目を細めて愛おしげに息子を見つめていた西嶺が、ふとなにかを思い出したようににやにやした。

「そうだ、壱太」

「なーに？」

「今日はいいことがあったぞ」

満面の笑みを浮かべている父親を、壱太が小首を傾げて見返す。

彼らの様子を引き戸に背を預けて眺めていた真琴も、いったいなんだろうかと興味を募らせる。

「真琴さんが壱太のママになってくれるって」

「パパとまことしゃん、けっこんするのー？」

「まあ、そんなとこだ」

「わーい！」

壱太は歓喜の声をあげたが、真琴は唖然と西嶺を見つめた。

「どうだ？　凄いだろう？」

「すごーい、すごーい、ママだー」

ベッドから飛び降りた壱太が、真琴に駆け寄ってくる。

そのまま脚に抱きつかれ、ただ呆然《ぼうぜん》と立ち尽くす。

西嶺と結婚できない理由を話して聞かせたはずだが、どうやら壱太は嬉しさのあまり忘れてしまったようだ。

それよりも、なんの躊躇いもなく言ってしまった西嶺のほうにおおいに呆れた。

壱太は素直に喜んでいるが、もし逆の反応を示したらどうするつもりでいたのだろうかと訝《いぶか》る。

「言ったらまずかった？　俺、壱太に隠しごとをしたくないから、つい……」

申し訳なさそうな顔をして、頭をポリポリと掻く。

親は子供に嘘をつくなと教える。その親が子供を騙したりしたら示しがつかない。だからありのままを伝えたに違いない。

壱太は歳《とし》を重ねながら、いろいろな事柄について学んでいく。男同士の関係がどういったものかを知ったとき、彼は反対してくるかもしれないのだ。

それでも、ここで隠さず伝えた西嶺は、そのときになったら改めて壱太と話し合うつもりなのだろう。

常に真っ直ぐ我が子と向き合う彼に感心するとともに、あれこれ悩んでいた自分が不甲斐《ふがい》なく思えてきた。きっと、西嶺の考え方が正しいのだ。

「ごめん、俺……」

「いえ、いいんです、謝る必要なんてありません。壱太君にきちんと伝えてもらえて、なんだかスッキリしました」

真琴が晴れやかな顔で答えると、安堵の笑みを浮かべた西嶺が上掛けを大きく捲った。

全裸にもかかわらず、彼はそのままベッドを出ようとする。

朝の睦言が脳裏を過《よぎ》り、羞恥に顔が真っ赤になった。

「これからご飯の用意をするところなので、ちょっと早いですけどお風呂に入ってきたらどうですか？」

一刻も早くこの場を離れたい真琴が提案すると、脚に纏わり付いていた壱太が西嶺のもとに駆け戻る。

「パーパ、いっしょにおふろはいるー」

「そうだな」

西嶺が恥ずかしげもなく素っ裸でベッドから下り立ち、初めて身体を繋げ合って間もない真琴は、羞恥を覚えてサッと視線を逸らす。

「じゃあ、ご飯の用意してきます」

そそくさとキッチンに戻り、冷蔵庫のドアを開ける。

いまさらデリカシーに欠けるとか言うつもりはないが、好きな相手の裸などなかなか直視できるものではない。慣れるまでには、かなりの時間を要しそうだ。

「パーパ、なんでパンツはいてないのー」

壱太の大きな声が響いてきた。

どうやら、普段は下着一枚で寝ているようだ。

さて、壱太に質問された西嶺はどう答えるのだろうか。

気になった真琴は、冷蔵庫から食材を取り出しながら耳を澄ます。

「壱太は別の部屋で寝てるから知らないだろうけど、パンツを穿かないで寝ることもあるんだぞ」

「そーなんだー」

壱太が簡単に納得する。

隠しごとはしたくなくても、ささやかな嘘くらいはつくこともあるのだろう。

事細かに説明されるよりは、誤魔化してくれたほうが真琴も助かる。

「鞄、忘れるなよ」

「はーい」

どうやら支度が終わったようだ。

真琴は冷蔵庫のドアを閉めて振り返る。

「そこの鍵、持っていってください」

靴箱の上に置いてある鍵を指さすと、西嶺が小首を傾げて見返してきた。

「いちいち呼び鈴を鳴らすのは面倒でしょう？」

気兼ねなく出入りしてほしい思いは、すぐ彼に伝わったようだ。

「じゃあ、借りていくよ」

「いってらっしゃい」

「いってきます」

壱太と一緒に部屋を出て行く西嶺を、その場で見送った。

さっそく鍵を閉める音が聞こえてくる。

いつもは、夕食を終えた彼らを送り出し、玄関の鍵をかけた瞬間に、言いようのない寂しさを感じた。

西嶺を好きだと気づいてからというもの、ひとりで過ごす夜がひどく長く感じられるようになってしまったのだ。

けれど、今日は違っていた。寂しさなどまったく感じていない。それどころか、胸を弾ませている。

風呂に入りに行った彼たちは、しばらくすれば戻ってくる。明日の夜まで待つことなく、また彼の顔を見ることができるのだ。そんな些細《ささい》なことが嬉しく思えてしかたない。

それぞれの部屋で寝ることに変わりはなくても、心穏やかに眠ることができそうな気がしていた。

「朝ご飯も三人で食べられたらいいな……」

西嶺も壱太も好きだから、一緒に暮らしたい思いがある。ただ、それを言い出すのがまだ早いことくらいは理解していた。

壱太は無邪気に「ママ」と呼んで喜んでくれたけれど、いきなり日々の生活に自分が加われば、さすがに戸惑いを覚えるだろう。

三人で一緒に過ごすことが、これまで以上に当たり前になるまで、もう少し時間をかけたほうがいい。

「焦ったらダメだ……亮司さんだって、そこまで望んでないかもしれないんだから……」

自らにそう言い聞かせて逸《はや》る気持ちを抑え込んだ真琴は、一緒に風呂に入っている西嶺たちの様子を思い浮かべながら夕食の支度を始めていた。

14

三人での楽しい夕食を終えた真琴は部屋のベッドに腰かけ、ゲームをして遊んでいるパジャマ姿の壱太をスケッチしていた。

床に敷いた小さなマットに膝を立てて座り、コントローラーを手にしている彼はゲームに夢中だから、あまり動くことがなくてスケッチがしやすい。

西嶺はキッチンで洗い物をしてくれている。料理を作ってもらっているのだから、と言う彼は、いつも率先して後片づけをしてくれるのだ。

「やったー！」

怪獣を打ち負かした壱太が気合いの入った声をあげ、真琴を振り返ってくる。

「まことしゃん、なにしてるのー」

「うん？　お絵かきだよ」

「おえかきー？」

コントローラーを放り出し、四つん這《ば》いでそばまできた彼が、膝立ちになって真琴が手にしているスケッチブックを覗き込んできた。

真琴は隠すことなく壱太に見せる。これまでは、なんとなく恥ずかしい気がして内緒にしていたが、家族の一員として迎えられたせいか、隠す必要がないように感じられたのだ。

「あー、ボクだ！　みせてー」

嬉しそうに笑った壱太が、真琴の手からスケッチブックを取り上げる。

「パパもいるー」

スケッチブックを床に広げ、次々にページを捲っていく彼はとても楽しそうだ。

「これ、へんなかおしてるー」

満面の笑みで真琴を振り返ってきた。

「さっき怪獣にやられたときの顔だよ」

「えー、こんなかおしてたのー」

「うん、泣きそうになってたでしょう？」

「そんなことないもーん」

悔しくて半べそをかいていたのに、強がってみせる壱太がいじらしく、抱き上げて膝に乗せる。

「ボク、ないたりしないからねー」

「そっか、壱太君、強いから泣かないかぁ」

ムキになっている壱太を笑いながらあやしているところに、スエットの上下に着替えている西嶺が部屋に入ってきた。

「向こう、終わったよ」

「ありがとうございます」

真琴は笑顔で見上げる。

「なにしてるんだ？」

膝に座っている壱太を見て西嶺は不思議そうに首を傾げた。

「まことしゃんのおえかきみてるのー」

「お絵かき？」

父親の姿を見るなり真琴の手から逃れた壱太が、床に広げたままにしていたスケッチブックを拾い上げて走って行く。

「ほらー、ボクだってー」

「どれどれ」

壱太を軽々と片手で抱き上げた西嶺が、あたりまえのようにベッドに座っている真琴に並んで腰かけてくる。

膝に壱太を座らせた彼は、絵本を読んでやるときのようにスケッチブックを持った手を前に伸ばし、ページを捲っていく。

「あー、パパだー」

ふと隣に目を向けると、西嶺の寝顔をスケッチしたページが開かれていた。

急に恥ずかしくなった真琴は、彼の手からスケッチブックを取り上げる。

スケッチはただの寝顔にすぎない。けれど、身体を繋げ合った直後に描いた西嶺の寝顔であり、あのときのことがまざまざと脳裏に浮かんでしまったのだ。

「もっとみるのー」

手を伸ばしてきた壱太にせがまれ、困り顔で西嶺を見返す。

「見られたらまずい絵でもあるの？」

意味ありげな笑みを浮かべて訊かれ、真琴はとんでもないと首を振る。

昼間、このベッドで寝ていた西嶺は、徹夜で仕事した疲れからか幾度となく派手な寝返りを打ち、そのたびに裸の背や下肢が露わになった。

ほどよく筋肉がついた均整の取れた身体は、スケッチをするのに打ってつけで、描かずにはいられずに鉛筆を走らせた。

けれど、描いたスケッチを見直して羞恥に囚われ、スケッチブックから切り離して机の引き出しに入れたのだが、そのまま残しておかなくてよかったと今になって思う。

「じゃあ、それ貸して」

西嶺にスケッチブックを取り上げられ、見られて困るスケッチはないのだからいいかと思い直す。

「ほんもののパパよりかっこいいねー」

「そうか？　実物のほうがいい男だろう？」

わざとらしく不満の声をあげた西嶺が、真琴に同意を求めてきた。

「少し格好よく描きすぎたかもしれません」

「真琴さんまでそういうこと言うわけ？」

彼のムッとした表情に、思わず笑みが浮かぶ。

自分のスケッチを見ながら、三人で楽しく会話をしている。

これまでにも同じような場面は数え切れないほどあったけれど、今日は特別、楽しく感じられた。

「真琴さん、なんでこういう雰囲気の絵本を作らないの？　ほんわかしたパステル画なんだから、いい絵本ができると思うんだけどなぁ」

「今、考えてるところです」

「そうなの？」

「ええ」

驚きに目を瞠った西嶺に、にこやかにうなずき返す。

現在、手がけているのはパートナーが文章を書いた、たくさんの動物が織りなす絵本だ。

動物を描くのは嫌いではないし、描くのを止めたいと思っているわけではない。

それでも、西嶺父子と出会ったことで、子供が登場する温かな雰囲気の絵本を描きたい思いに駆られてきたのだ。

自分が描きたかったものをついに見いだしたせいか、このところ描く作業が楽しくてしかたない。

今は絵本にかぎらず、イラストや挿絵も描くことにまったく迷いがなくなっていた。

「いつ出るの？」

「すぐにっていうわけにはいきませんけど、来年か再来年あたりに出せればいいなと思ってます」

「そんな先なんだ……」

西嶺はがっかりしたようだが、絵本の世界は同じ作家が次々に作品を出版できるほど甘くない。

順調に一年に一冊、出せている真琴は恵まれているほうで、多くの作家は数年に一冊出せるか出せないかといった厳しい世界だった。

「でも、楽しみにしてもらえて嬉しいです」

「そりゃあ楽しみだよ、俺、真琴さんの描く絵が好きだからさ」

「ボクもすきー、いっぱいかいてねー」

西嶺と、いきなり割って入ってきた壱太が、笑顔で真琴を見つめてくる。

自分が描く絵を好きだと言われるのは嬉しいものだが、彼らに言われると格段に嬉しい。

まだまだ構想の段階でしかなく、出版できるかどうかもわからない。

けれど、出版にこぎ着けられなかったとしても諦めるつもりはない。だめだったときは手作りで一冊の絵本に仕上げる。彼らの言葉に、それくらいの意欲が湧いてきていた。

「ゲームするー」

そう言うなり西嶺の膝からピョンと飛び降りた壱太が、放り出していたゲームのコントローラーを取り上げる。

「まだゲームするのか？」

「もうちょっとー」

「しょうがないないなぁ……」

呆れ気味にこぼしながら、西嶺はゲームを続けることを許した。

ゲームのプログラマーである彼は、息子に厳しいことを言えないのだろうか。

それとも、先に風呂に入っていて、寝るにはまだ早い時間だから好きに遊ばせているのだろうか。

どちらにしても、彼らと一緒に過ごせる時間は長いほうがいい。できるかぎり彼らと一緒にいたい。

「パパもてつだってー」

「おう、任せとけ」

ベッドを下りて床に座った西嶺が、すぐさま壱太に加勢する。

ゲームに夢中になっている父子を眺めながら、真琴は幸せな気分に浸っていた。

15

「ほら、帰るぞ」

玄関に立っている西嶺が、壱太を手招く。

「やーだー、まことしゃんにごほんよんでもらうのー」

就寝時間がとっくに過ぎているのに、西嶺がいくら言っても壱太はぐずって言うことを聞こうとしない。

「まことしゃん、ママになってくれたんでしょー、ごほんよんでー」

キッチンに立っている真琴のシャツを、小さな手で掴んでグイグイと引っ張ってきた。

ここまでぐずるのは珍しいが、壱太の気持ちも理解できる。

「ご本を読んであげたら、ちゃんと寝る？」

「ねるー」

真琴はその場に膝をつき、壱太と目の高さを合わせて確認した。

「じゃあ、読んであげる」

彼と手を繋いで立ち上がり、一緒に玄関に向かう。

「いいのか？」

「ええ」

申し訳なさそうな顔をした西嶺も、真琴が笑顔でうなずき返すと先に玄関を出た。

壱太が運動靴を履いてからスニーカーを突っかけ、玄関を出て鍵を閉める。

自分の部屋の玄関ドアを開けて待っていてくれた西嶺に促され、壱太と廊下に上がった。

「ベッドに入るのは歯磨きしてからだぞー」

「はーい」

元気よく返事をした壱太が、すぐ脇にある洗面所に駆け込んでいく。

「ホントに大丈夫？　やることがあったんじゃないの？」

「大丈夫ですよ。夜は仕事もしないし、なんとなくのんびり過ごしているだけですから」

「その、のんびりする時間が短くなっちゃうだろう？」

「壱太君といるほうが楽しくていいです」

真琴が笑顔で答えると、西嶺が眉根を寄せて見返してきた。

どこか不機嫌そうな顔つきに、気に障ることを言ってしまっただろうかと焦る。

「俺といるより壱太といるほうがいいの？」

「壱太君にやきもちですか？」

思わず笑いが込み上げてきた。

息子と張り合うつもりなのだろうか。西嶺も壱太も好きだが、好きの意味合いが違う。

それくらい彼もわかっているはずなのに、大人げなく嫉妬《しっと》を露わにしてきたことが可笑《おか》しくてならない。

「やきもちっていうか……」

「はみがきおわったー」

西嶺がバツの悪そうな顔をして口ごもったところに、壱太が洗面所から戻ってきた。

「ベッドに行こうね」

壱太の手を取り、子供部屋に向かう。

「どのご本がいいのかな？」

「ゆきやまのクマさん、よんでー」

「じゃあ、ベッドに入って」

本棚にきちんと収められた絵本の中から一冊を抜き出した真琴は、すでに部屋の隅に置かれている小さなベッドに歩み寄る。

すでに布団に潜っている壱太が、ベッドの端に腰かけた真琴を、嬉しそうに瞳を輝かせて見上げてきた。

キッチンから冷蔵庫の扉を開け閉めする音が聞こえてくる。子供部屋に姿を見せない西嶺は、壱太を寝かしつける邪魔をするつもりがないようだ。

「はやくよんでー」

壱太に急かされ、絵本を膝の上で開く。

生まれて初めて書籍にしてもらった真琴の記念すべき一冊を、壱太はとくに気に入ってくれている。

自分が手がけた絵本を壱太に読んでやるのが、最初は気恥ずかしかった。けれど、今では喜びしか感じていない。

「きょうもやまはゆきでまっしろ。クマのハヤトがあるくと、おおきなあしあとがのこります……」

文章をすでに暗記している真琴は、話を続けながら壱太に視線を移し、掛け布団を優しく叩いて眠りを促す。

最初は目を開けて聞いていた壱太も、静かな語り口調に眠りに誘われたのか、いくらもせずに瞼が落ちる。

それでもしばらく絵本を読んでいると、小さな寝息が聞こえてきた。まだ半分も読み進めていないのに、すっかり寝入ってしまったようだ。

壱太の気持ちよさそうな寝顔をしばらく眺め、そっと絵本を閉じてベッドから立ち上がった真琴は、忍び足で子供部屋をあとにする。

「もう寝たのか？」

キッチンで缶ビールを飲んでいた西嶺が、真琴を見るなり椅子から腰を上げ、子供部屋に向かう。

壱太が寝たのを確認した彼は、照明のスイッチを切って戸を閉めるなり、脇に立っている真琴の手を握ってきた。

いきなりのことに鼓動が跳ね上がる。驚きに声をあげそうになったけれど、すぐ隣の部屋で壱太が寝ているからかみ殺した。

「ビール、飲んでってよ」

手を繋いでいる彼に冷蔵庫へ引っ張っていかれる。

一緒にいたい思いがあるから誘いは嬉しいのだが、手を握られたままだと鼓動が速まるばかりで上手く言葉にできない。

「はい」

缶ビールを渡した彼が握り合っている手を離す。

ホッとしてタブを開けたのも束の間、背中越しに抱きしめられて缶を落としそうになる。

「亮司さん……」

慌てて缶を掴み直し、肩ごしに驚きの顔で西嶺を見返す。

「真琴さん、俺たちと一緒に暮らさない？」

「えっ？」

「通い婚もいいけどさぁ、やっぱりずっと一緒にいたいから」

西嶺も同じ思いでいてくれたようだ。

「僕だって亮司さんたちと暮らしたいですけど、引っ越しにはお金がかかりますよ？　引っ越してきたばかりなのに大丈夫なんですか？」

逸る気持ちは理解できるが、引っ越しをするにはそれなりの金が必要となる。

派手に遊ぶこともなく仕事に打ち込んできた真琴は、今すぐにでも引っ越せるだけの余裕がある。

ただ、男手ひとつで壱太を育てている西嶺に、同じく余裕があるとはとうてい思えない。

「まあ、そうだけど……」

思ったとおりため息交じりにもらした西嶺が、真琴を背中越しに抱きしめたまま冷蔵庫に寄りかかった。

それだけ離れがたい思いがあるのかもしれないし、そうであれば嬉しいのだが、なんとも気恥ずかしくてしかたない真琴は、ビールを飲んで気を紛らせる。

「来月にはボーナスが出るから、それまで辛抱するしかないか……」

「じゃあ、それまでに三人で暮らせる物件を探しましょう」

「そうだな」

納得した西嶺が、喉を鳴らしてビールを飲んでいく。

いつまでこうしているつもりなのだろうか。抱きしめられているだけなのに、股間のあたりがムズムズし始めてきた。

「腰、揺れてるよ?」

耳元で囁《ささや》いてきた彼が、片手を真琴の股間に滑らせてくる。

「ひっ……」

喉の奥から引き攣《つ》った声がもれ、一瞬にして身体が硬直した。

「してあげるよ」

そんなことを言いながら、デニムパンツの前を開いて下着に手を入れてくる。

悪戯をするにもほどがあると思いがあるのに、彼の手を払いのけることができない。

「ダメ……亮司さん……」

寝ている壱太が気になり、大きな声を出すことができないもどかしさに、西嶺を振り返ってやめてほしいと瞳で訴える。

「嫌なの?」

「壱太君がいるし……」

「いったん寝たらそう簡単に目を覚まさないよ」

「でも……」

「させて」

耳朶《みみたぶ》を甘嚙みしてきた西嶺が、大胆に真琴自身を握ってきた。

「あぁ……」

勝手にこぼれ落ちた甘ったるい声を、慌てて唇を嚙んで堪える。

握られただけで、己が熱を帯びてきた。

「真琴さん感じやすいから、すぐにイケるんじゃない？」

吐息混じりの声に首筋をかすめたくすぐったさと、初体験で呆気なく果ててしまった恥ずかしさに、全身が小刻みに震える。

「お願いですから……」

「ダーメ」

訴えをすぐさま却下してきた彼に己の先端部分を絞り込まれ、一気にそこが硬くなると同時に下腹の奥がズクンと疼く。

「ふ……ぁ」

下着の中で器用に動く手で、どんどん追い詰められていく真琴は次第に我を忘れ、湧き上がってくる快感に溺《おぼ》れ出す。

「ちょっとごめん」

唐突に下着ごとデニムパンツを下ろされ、泡を食って振り返る。

「一緒にイキたくなっちゃった」

子供のように笑った彼が、穿いているスエットのズボンを手早く下ろし、下着の中から自身を取り出す。

さらには真琴を抱いたまま半回転すると、彼はすでにいきり立っている自身を尻の下に突き立ててきた。

彼自身の熱い脈動が内腿に伝わってくる。その熱に煽られたかのように、体温が急激に上がっていった。

確かに壱太はベッドで眠っている。だからといって、キッチンでこんなふうに戯れたりしてはいけない。そう頭ではわかっているのに、彼を制することができなかった。

「しっかり脚を閉じてて」

再び前に手を回してきて真琴自身を捕らえてきた彼が、緩やかに腰を使い始める。

舞い戻ってきた快感と、内腿に感じる熱の塊に、否が応でも昂揚していく。

「はっ……あぁ……」

冷蔵庫に預けた両手に顔を埋《うず》め、声を押し殺して身悶《みもだ》える。

「気持ちいいよ、真琴さん……すごく……」

感じ入った声をもらした西嶺の息が荒い。

まるで彼に同化したかのように、真琴の息も荒くなっていく。

「あっ、あっ……んんっ……」

己自身だけでなく、擦られているだけの内腿ですら、快感を得ているような錯覚を起こし始める。

下腹の奥が激しく疼き、大きな手で扱かれている己が、痛いほどに硬く張り詰めていく。

「亮司さん……もう……」

差し迫った射精感に、真琴は早くも限界を訴えた。

「あと少し……」

まだ足りないとばかりに、西嶺が腰の動きを速めてくる。

己を扱いてくれている手も速まり、我慢しようにもしきれなくなった。

「もっ……無理……」

堪えがたい射精感に切羽詰まった声をあげ、身を強張らせて息む。

「うぅ……」

彼の手の中で弾けた己から、精が溢れ出す。

それでもまだ西嶺は腰を動かし続けた。

どうすることもできない真琴は、身体を揺さぶられながら吐精の心地よさに浸る。

「くっ……」

しばらくして短い呻きが聞こえ、内腿を生温かいものが伝い落ちていった。

「はふ……」

身震いした西嶺が真琴を抱きしめ、肩に額を預けてくる。

朝からかなりの時間が経っているのに、一日に二度も吐精したことがないせいか、脱力した身体が頽れそうになり、慌てて西嶺の腕にしがみついた。

「大丈夫？」

返事すらできずに、ただうなずき返す。

「やっぱり一緒にいたいから、ウチに泊まっていきなよ」

甘えたような彼の声に、首を横に振るだけの理性はまだ残っていた。

「ダメです」

力の抜けた手でどうにか下着とデニムパンツを引き上げる。

精に濡れた内腿が気持ち悪かったけれど、ちょっとの我慢だと思って彼に向き直る。

「すぐに一緒に暮らせるようになります。それまでは、これまでどおりにしましょう」

西嶺に向けた言葉ではあったが、自らに言い聞かせる言葉でもあった。

彼に触れられただけで、すぐに身体が火照ってしまう。このままだと、セックスにのめり込んでいきそうで怖い。

ただ、そうした恐怖を覚えるのは、触れ合う悦びを覚えたばかりだからで、時間とともに変わっていくような気がしている。

「真琴さん、真面目だな。もっと乱れるとこ見たかったのに……」

残念そうに言いながらも、スエットのズボンを引き上げたのは、納得してくれたからだろう。

「明日も仕事、頑張ってくださいね」

「頑張るからご褒美くれる？」

「ご褒美？」

小首を傾げた真琴に、西嶺がキスをしてくる。

「ん……」

ここで熱烈なキスをされたら、またおかしな気分になってしまう。

そんな不安を覚えた矢先に、唇がスッと離れた。

「また明日」

微笑んだ彼が、熱い眼差しを向けてくる。

短いキスで終わりにしたのは、不安を察してくれたからだろうか。

彼にはこちらの考えなどお見通しなのかもしれない。

だからこそ、素直に聞き入れてくれた。それは優しさの表れであり、その気持ちを嬉しく思うと同時に、西嶺を好きになってよかったと心から思う。

「ゆっくり休んでくださいね」

そう言ってしばし彼と見つめ合った真琴は、後ろ髪を引かれる思いで玄関へと向かう。

「おやすみ」

スニーカーを突っかけてドアを開けた真琴を、満面の笑みで見送ってくれる。

微笑みを返し、廊下に出ていく。

静かにドアを閉めると、鍵を掛ける音が聞こえてきた。

「三人で暮らす部屋かぁ……」

どんな間取りがいいだろうかと、あれこれ考えながら自分の部屋に戻っていく真琴は、この上なく満ち足りた顔をしていた。

あとがき

みなさまこんにちは、伊郷ルウです。

このたびは『パパから求婚されました⁉』をお手に取っていただき、誠にありがとうございました。

本作はルチル文庫さんでの一冊目となります。作家生活もだいぶ長くなりましたが、新規のレーベルからお声をかけていただけるのは本当に嬉しいことです。

地味ながらも作家を続けてきてよかったなと思うと同時に、これまで以上に精進しなければと改めて思いました。


さて、本作はタイトルにもありますように〈育メン〉ものです。男手ひとつで息子を育てているパパと、お隣さんの絵本作家とのラブストーリーとなっております。

最近は〈育メン〉ものを書く機会が増えているのですが、今回は初の年下攻めです。

滅多に年下攻めを書くことがないので、大型ワンコにあれこれさせるのは久しぶりに楽しい作業でした。

可愛い子供と、恋愛に少し消極的な大人の恋物語を、みなさまにも楽しんでいただければ幸いです。

最後になりましたが、イラストを担当してくださった緒田涼歌先生に、心よりの御礼を申し上げます。

お忙しい中、格好よくて可愛いイラストの数々をありがとうございました。

二〇一六年　春

伊郷ルウ

✦初出　パパから求婚されました!?……………書き下ろし

伊郷ルウ先生、緒田涼歌先生へのお便り、本作品に関するご意見、ご感想などは
〒151-0051 東京都渋谷区千駄ヶ谷 4-9-7
幻冬舎コミックス　ルチル文庫「パパから求婚されました!?」係まで。

幻冬舎ルチル文庫
パパから求婚されました!?

2016年4月20日　第1刷発行

✦著者	伊郷ルウ　いごう るう
✦発行人	石原正康
✦発行元	株式会社 幻冬舎コミックス 〒151-0051 東京都渋谷区千駄ヶ谷 4-9-7 電話 03(5411)6431[編集]
✦発売元	株式会社 幻冬舎 〒151-0051 東京都渋谷区千駄ヶ谷 4-9-7 電話 03(5411)6222[営業] 振替 00120-8-767643
✦印刷・製本所	中央精版印刷株式会社

✦検印廃止

ISBN978-4-344-83709-6　C0193　Printed in Japan